恋する絵画

怪異名所巡り6

赤川次郎

集英社文庫

イラスト／南Q太
デザイン／小林満

目次

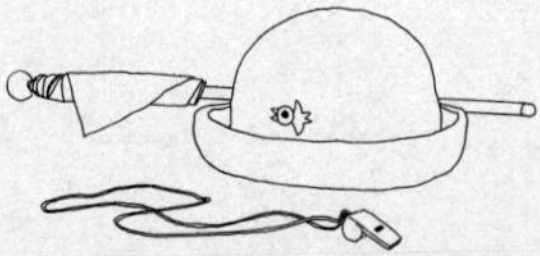

恋する絵画

怪異名所巡り6

幽霊予約、受付開始

1　予約

まだ……。

まだ早過ぎる。――あと二分だ。

久美《くみ》は、電話の前でてのひらの汗を拭《ぬぐ》っていた。

ＴＶはつけっ放しになっている。ＴＶでやっている、ドラマの再放送が見たいわけじゃなかった。

ただ、ＴＶ画面の隅に出る〈時刻〉を見たかったのである。

今、九時五十八分。

午前十時。――それと同時に、電話しなくては。

今度こそ。今度こそかかって！　お願いよ！

九時五十九分。

久美は受話器に手をかけた。

そのとき、

「久美」

と、母の声がした。「――久美、いるの？」

久美は、

「邪魔しないで！」

と、怒鳴った。

「だって……」

母が部屋のドアを開けて、「お前、学校はいいの？」

「遅れて行くわよ！　ドア閉めて！」

苛々《いらいら》として叫んでいた。

「だけど……」

と、ブツブツ言いながら母がドアを閉める。

十時だ！

久美の指が番号を押した。間違えていない！　お願い！　つながって！

だが、一瞬の間《ま》の後、聞こえて来たのは――。

「おかけになった番号は、ただいま大変かかりにくくなっております……」

その無表情な声が、久美の神経を逆なでする。

「そんな……。いい加減にしてよ！」

と、久美は叫んだが、むろん応答テープに聞こえるわけもない。

諦《あきら》めるもんですか！　絶対に諦めない！

久美は一旦切ると、もう一度かけた。

「おかけになった番号は――」

もう一度。

「おかけになった番号は――」

さらにもう一度。

「おかけになった……」

汗がこめかみを伝うのも構わず、久美はかけ続けた。

誰かの電話はつながっているはずなのだ。それなのに、どうして私がかけてもつながらないの？

久美はかけ続けた。――何度目か、などとは考えもしなかった。

「久美」

と、母親が顔を出したときも、まだかけ続けていた。

「邪魔しないで」

と、久美は言って、またプッシュホンのボタンを押した。

「――もう十一時半よ。学校へ行きなさい」

「いやだ」

と、久美は言った。「つながるまで行かない」

「もう……。コンサートなんて、またあるでしょ。いい加減にしなさい！」

と、母親の指先が電話を切った。

「何するのよ！」

と、久美は叫んだ。

そして――電話がつながったのは、十二時にあと数分のところだった。

「――もしもし、B席一枚お願いします」

と、何だか妙に力の抜けた声で言った。

「お名前と電話番号をお願いします」

相手の声は、想像していたよりずっと暖かで、感じが良かった。

「丹羽《にわ》久美です……」

と、久美は言った。

「――はい。ではチケット代のお支払い方法ですが……」

と、向うの女性が言って、「あの……何か聞こえますが……」

「何でもありません」

と、久美は言った。

「でも……。大丈夫ですか？　何だか人の呻《うめ》き声《ごえ》みたいな……」

「ええ、何でもないんです」

久美はそう言うと、「ちょっと待って下さいね」

と、受話器を机の上に置くと、

「お母さん、うるさいよ」

と言って、自分の椅子を両手でつかみ、頭上まで高く持ち上げた。

「やめて……久美……」

「黙って」

椅子を振り下ろすと、母、丹羽秀代《ひでよ》は血を吐いて絶命した。

「——もしもし」

と、久美は受話器を取り上げ、「すみません、もう静かになりましたから。それで——何でしたっけ？」

「じゃ、あなたがその電話を受けたの？」

と、町田藍《まちだあい》は言った。

「そうなのよ」

と、秋山《あきやま》のぞみは肯《うなず》いて、「聞こえてたの。呻き声と、『お母さん、うるさいよ』って、女の子の声が……。そして、何かのぶつかるような音がして」

秋山のぞみはミルクティーをかき回して、

「私、ゾッとした。それで、チケット予約に住所はいらないんだけど、ごく当り前のように『ご住所は？』って訊《き》いたの。女の子はすぐ教えてくれたわ。それで、電話が切れてから警察へ通報したの」

――〈すずめバス〉という、名前からして弱小バス会社のガイド、町田藍は、高校時代の友人、秋山のぞみと喫茶店で会って話していた。

高校生のころから声の良かった秋山のぞみは、アナウンサー志望だったが果せず、今はチケット予約の電話窓口のアルバイトをしながら、声優になる勉強をしている。

そのアルバイトをしていて、世間を騒がせた事件に出くわしたのだ。

「警官が行ったときも、お母さんの死体を隠そうともしてなかったそうじゃない」

と、町田藍は言った。

「ええ。『お母さんが邪魔するから悪いのよ』って、自分は平然としてたらしい。――怖いわね」

と、秋山のぞみはため息をついた。

「よくやったじゃないの。機転をきかせて良かったのよ」

「でもね……。何か後味悪いことになっちゃって」

「仕方ないわよ。そんなことまで気にしてたら……」

と、藍は慰めるように言った……。

——十七歳の少女が、母親を殴り殺した。

しかもその理由が、

「コンサートのチケット予約の電話を邪魔したから」

というので、マスコミはこの出来事を大々的に取り上げた。

むろん実名は報道されなかったのだが、インターネットに出てしまい、公務員だった父親は、仕事を辞めざるを得なくなってしまった。

しかも、久美は、

「せっかくコンサートのチケット、予約したんだから、行かせて」

と、取り調べに当った刑事に本気で頼んだのである。

呆《あき》れた刑事が久美を叱《しか》りつけると——何と、久美は、刑事の目を盗んで、窓から飛び下りて死んでしまったのだ……。

「何から何まで、理解不能な事件だった」

と、TVのコメンテーターは語るばかりだった……。

「大切なものが何なのか、分らない子が多くなってるんだね」

と、藍は言った。

「でも……元はといえば、コンサートの予約の電話がつながらなかったせいでしょ」

「そりゃそうだけど、のぞみが悪いわけじゃないんだから」

「ありがとう」

と、のぞみは微笑《ほほえ》んで、「藍に話したら、少し気が楽になった」

「それなら結構」

「だって――やりたくないけど、また電話予約の受付のバイト、やらないわけにいかないんだよね。声優の仕事なんて、ほとんど来ないし」

そのとき、藍はふと振り向くと、

「あの……何かこちらにご用？」

と、隣のテーブルに一人でいた男性に声をかけた。

「え？」

その背広姿の男性はびっくりした様子で、「どうしてそれが……」

「何だかそう感じたんです」

と、藍は言った。

「はあ……。あの……今、お二人の話を聞いていて……」

藍と同年代くらいか、ちょっとくたびれている印象だが、真面目《まじめ》そうな男性である。

「偶然ってあるんだな、と思いまして」

「というと？」

「僕は——三田《みた》という者です。実は刑事でして」

「刑事さん？」

「ええ。今のお話にあった……、丹羽久美を叱りつけたというのは、僕のことなんです」

「まあ……」

「あの子が飛び下りるのを止められなかったことには責任があります。——今、休みを取っていまして。何となくこの店に入ったんですが……。まさか、あんなお話を聞くとは」

と、三田刑事は言った。

「そうでしたか」

藍は肯いて、「私、感じたんです。あなたと、この秋山のぞみの間の縁を」

と言った……。

2　追加公演

「社長、何ですか、これ？」

乗務を終えて、〈すずめバス〉の営業所（兼本社）に戻った町田藍は、机の上に置いてあった手書きのメモを手にして言った。

「それか。見れば分るだろう」

と言ったのは社長の筒見《つつみ》。

「〈Zロッカーズ・コンサートツアー〉って……。こんなの、うちがやるんですか」

と、藍は呆れて、「どこかよその下請けですか？」

「とんでもない！　うちのオリジナル企画だ」

と、筒見は心外な様子で、「わが〈すずめバス〉は、規模は小さくとも、他社の真似《まね》できない企画で勝負するのだ！」

「それは年中聞いてますけど」

今、大人気のロックグループ、〈Zロッカーズ〉の公演チケットは、発売と同時に売り切れるので有名だ。

そう。――あの、自殺してしまった丹羽久美が、母親を殺してまで予約したがったのは、この〈Zロッカーズ〉のコンサートだったのである。

「でも――このグループのチケット、どうやって取るんですか？　手に入らないんですよ」

「知っとる」

「じゃあ――」

「〈コンサートツアー〉とは書いたが、『コンサートを聞く』とは限らん」

「え？」

「〈コンサートを見に行くツアー〉だ」

「見に行く、って……」

「コンサート会場を、外から眺めるんだ」

藍は危うく椅子から落っこちそうになった。

「――社長！　そんなの詐欺ですよ！」

「分っとる。ちゃんと目的を明記するから大丈夫だ」

「目的？」

「そのコンサートに現われる、十七歳の少女の幽霊を見に行く」

藍はため息をついて、

「まさか……あの母親を殺した女の子のことですか？」

「むろんだ。あの女の子が予約しようとしていたのは、そのコンサートだろう？」

「そうみたいですね」

「それなら、その何とかいうグループのコンサートへの執念がこの世に残っていても、ふしぎではない」

「社長……。本気ですか？　もし本当にあの子の幽霊が現われるのなら、何も会場の外にいなくたって、中へ入りゃいいんですから。チケットなしでも、幽霊なら入れますよ」

「君は、私の苦心のアイデアを、そこまで笑うのか？」

「笑ってませんけど――」

「いや、腹の中で笑っとる」

「分ります？」

「町田君！」

「はい。――でも、こんなツアー、募集して、もし、コンサートに入れるんだと思って予約する子がいたら、どうするんです？　うちが訴えられますよ」

訴えられる、という言葉に、社長の筒見は弱い。

「うーん……そうか。いいアイデアだと思ったんだがな……」

と、未練がましい。

藍は少しホッとして、そのメモをクシャクシャに丸めた。

しかし――これで縁は切れなかったのである。

電話の前に座った秋山のぞみは、ハッとした。

資料に〈Zロッカーズ〉とあったからだ。

「これ、終ってるよね？」

と、隣の子に訊く。

「追加公演だって」

――そうか。確かによく見れば、〈追加公演〉と書いてある。

アッという間に完売すれば、〈追加公演〉をやりたくなるのも当然だろう。

しかし、のぞみは何だか重苦しい気持になった。

今日はやめておけば良かった……。

しかし、今さら帰るわけにもいかない。

予約受付開始まで五分ほどあった。

のぞみはケータイを出して、かけた。

「――もしもし、私。ごめんなさい」

「いや、いいよ。どうした？」

と、刑事、三田由紀夫《ゆきお》が言った。

「あのね……」

のぞみと三田は、あの偶然の出会いから付合い始めていた。

むろん三田は忙しく、なかなか時間は思い通りにならないが、それでも二人は楽しかった。

のぞみは三田に恋していた。

「——じゃ、あのときのグループか」

「そうなの。何だか気が重くって……」

「大丈夫だよ。〈追加公演〉でなくても、いずれまたコンサートはあるだろ。気にしないで」

三田の明るい声を聞くと、励まされた。

「ありがとう。——あ、もう始まるわ。それじゃ」

「頑張って」

「ええ、あなたもね」

と、のぞみは言った。

——壁の時計の秒針が〈12〉を指すと同時に、何十台も並んだ電話が一斉に鳴る——はずだった。

ところが、一台も鳴らないのである。

女の子たちは顔を見合せた。

「こんなことってある？」

「時計、狂ってるんじゃないの？」

「そうね……。でも、私のケータイも、もう時間過ぎてる」

「ともかく――変ね」

一分、二分……。

どの電話も沈黙している。

「こんなこと……。変ね」

と、のぞみが言ったとたん、目の前の電話が鳴った。

みんながホッとした様子だ。しかし一台しか鳴らないというのはおかしい。

ともかく、のぞみは受話器を取った。

「〈Zロッカーズ〉追加公演の予約受付です」

と言ったが――向うは黙っている。「もしもし？　――聞こえますか？」

すると、少し間を置いて、

「やっとつながった……」

と、大分遠い感じの女の子の声が聞こえて来た。

「はい、予約受付です。お名前と電話番号をどうぞ」

と、メモを取ろうとした。

「なかなかかからないの」

と、その子は言った。「凄《すご》く遠いから、ここ……」

「そうですか。でも、こうしてつながってますよ」

「あなたにね。秋山のぞみさん」

「え？」

「あなたのせいで、私、コンサートへ行けなかった……」

血の気がひいた。確かに、遠いが、あの丹羽久美の声のようだ。

そんな馬鹿な！

　頭を振って、

「予約するんですか？　しないんですか？」

と、強い口調で言った。

「もちろんするわ」

「ではお名前と――」

「丹羽久美よ」

　ボールペンを持つ手は震えた。

「冗談はやめて！」

「どうして？　私、追加公演には必ず行くわ。そう伝えてね」

「伝える？　誰に？」

「あの三田って刑事さん」

手が震えた。

「どうしてそんなことを……」

「何でも分るのよ。あの世ではね……」

「あなたは本当に……」

「ここじゃ、お母さんも邪魔しないわ。学校にも行かなくていいからね」

と、その声は言った。「じゃあ、よろしく伝えてね。——三田さんと、〈Zロッカーズ〉の人たちにも」

「待って！　それはどういう意味？」

と、のぞみは呼びかけた。

「当日に分るわ」

と、その少女の声は言った。「あなたにも会える。声だけじゃなくってね」

「でも——」

「長く話してられないわ。ここからだと、凄く長距離だから」

そう言うと、少女はちょっと笑って、「ご苦労さま」

「もしもし！　待って！」

切れた……。

のぞみが青ざめて受話器を戻したとたん、その電話も他の電話も、一斉に鳴り始めたのである……。

3　約束

「大変だったわね」

と、町田藍は言った。

「もう……電話を切ってあるの。怖くて」

と、のぞみは椅子にかけてあるの。怖くて」


と、のぞみは椅子にかけて言った。

「ちょうど今、社長は出かけてるから」

と、藍は言った。「今日は私、乗らない日だから大丈夫」

〈すずめバス〉の本社兼営業所である。

のぞみはお茶を一口飲んで、やっと息をつくと、

「――ね、藍。あなた、幽霊と話せるんでしょ？」

「いつもじゃないわ」

「でも――何とかならない？　私が恨まれるのはともかく、三田さんまで……」

「ともかく落ちついて」

と、藍は穏やかに言った。「本当の幽霊なら、生きている人間に、悪いことはめった

にしないものよ」

「ごめんなさい……。つい、怖くて」

「分るわ。当然よ」

と、藍は言った。

あの〈追加公演〉の電話への奇怪な出来事は、仲間の女性たちからマスコミへと広まって、のぞみもＴＶのワイドショーや週刊誌の記者に追われることになった。

「本当にあの子の幽霊だったのかしら？」

「さあ……。私が聞いたわけじゃないから」

「でも、全部の電話が、あの間かからなくなってたのは事実よ」

「原因は？」

「分らないけど……。一時的に交換機がダウンしたんじゃないかって。――三田さんもそう言って笑ってた」

「今は、あなたに三田さんって人がついてるじゃないの」

と、藍は言った。

「でも――追加公演の日に、三田さんの所へも行くと……」

藍はのぞみの手を取って、

「心配してばかりいちゃだめよ。私も、できるだけ力になるわ」

「お願いよ！」

と、のぞみがすがるように藍の手をつかんだ。

すると、

「――失礼」

と、入口に男が立っていた。

まだ三十代だろうか、少し髪が薄くなって、中年男という印象。

「何か……」

「こちらに、〈幽霊と話のできるバスガイド〉さんがいるって聞いてね」

藍はため息をついて、

「私のことのようですね。あなたは？」

「ああ！　あんたですか」

と、男はホッとした様子で、「私は有賀《ありが》といいます。有賀秋男《あきお》」

「有賀って……もしかして……」

と、のぞみが言った。「〈Zロッカーズ〉の？」

「そうです」

「〈Zロッカーズ〉のマネージャーさんか何かですか？」

と、藍が訊くと、

「違うわよ、藍。あのグループのリーダーだわ」

「え？」

派手なメイクに金髪、どぎつい衣裳《いしょう》……。

この人が？

「もう三十五ですよ」

と、有賀は苦笑して、「いつもあんなヘアピースつけてるので、髪も薄くなるしね」

「まあ……。こうしていると分りませんね。――どうぞ」

「いや、例の〈追加公演〉が、三日後でしてね」

と、有賀は言った。「あの久美って女の子が我々にも会いに来るって言ったというんで、マスコミが大騒ぎしてましてね」

「そのようですね」

藍は有賀にのぞみを紹介した。

「これは……。じゃ、あなたが電話に出た人なんですね」

と、有賀は言って、「いや、むろん何もないとは思いますが、何か起ってからじゃ遅いのでね」

「お気持は分ります」

と、藍は言った。「でも私は――」

と、そこへ、

「聞いたぞ！」

と、社長の筒見が入って来た。

「社長……。また立ち聞きですか？」

「人聞きが悪い。ともかく、ここは君の出番だ。ついでに我が社のツアーを」

筒見は、有賀と交渉して、当日、藍とツアーの客がコンサート会場へ入れるようにさせた。

「早速人集めだ！」

と、筒見は張り切って、「いつもの町田君のファンに直接電話だ！」

こうなっては、藍もいやとは言っていられない。

「──分りました」

と、藍は言った。「私でお役に立てるかどうか分りませんが」

「いや、ありがとう！」

有賀は藍の手を固く握った。

藍は一瞬ヒヤッとした。──この人の手は冷たい。

「最近、どなたか身近な方《かた》が亡くなりましたか？」

と、藍が訊くと、有賀はびっくりして、

「ええ、叔母が。——昨日、お葬式だったんです」

ではそのせいだろうか？

「おい、ＴＶ局の取材も入れよう」

と、筒見は一人、はしゃぎまくっていた……。


「絶対に邪魔しないから」

と、遠藤真由美《えんどうまゆみ》はくり返した。

「分ってるわよ」

と、町田藍は苦笑して、「真由美ちゃんは〈すずめバス〉の大事なお得意様だもの」

「分ってればいい！」

と、真由美はスキップして歩きながら、「いいなあ！　幽霊に会えるだけじゃなくて、〈Ｚロッカーズ〉の人たちにも会える！」

「他の人にしゃべっちゃだめよ」

「分ってるって」

「それに——幽霊の方は保証の限りじゃないからね」

藍と、今高校生の遠藤真由美は〈Ｓアリーナ〉の前までやって来た。

もう夕方だ。アリーナの中からはガンガンと電子楽器の音が聞こえて来ていた。

「立入禁止です」

と、制服のガードマンが二人を止めた。

「〈Zロッカーズ〉の有賀さんに呼ばれてるんです。町田といいます」

ガードマンは、藍の言葉をまるで信じていない様子だったが、

「ちょっと待って」

と、スタッフの一人を呼んで来てくれた。

しかし、これほどの規模のコンサートとなると、スタッフの数も半端でなく、出て来た人も全く話が通じない。

「有賀さんのケータイ番号、伺ってますのでかけてみます」

と、藍がケータイを取り出す。

「今、リハーサル中だからだめです!」

と、スタッフが止めると、

「ちょっと」

と、真由美が割って入り、「あんたね、このコンサートに、死んだ女の子の幽霊がやって来るって話、知らないの?」

「ああ、そりゃあ聞いたけど――」

「この町田藍さんはね、幽霊と心を通い合せることのできる人なのよ! あんたが邪魔

したら、あんたのこと、幽霊に言いつけて、一生たたられるようにしてやるからね！

それでもいいの？」

スタッフが青くなって、

「ご案内します……」

と、会場の中へと先に立って入って行く。

「無茶して」

と、藍は苦笑した。

何しろ正式の競技場はズラッと椅子が並べられて、壮観！

遥《はる》かかなたのステージでは、豆粒ほどのメンバーたちがリハーサル中だった。

ステージに辿《たど》り着くまでに息が切れそうだった。

「やあ、町田さん！」

有賀が、今日は派手な格好でエレキギターを抱えて手を振った。

「お邪魔します」

と、藍と真由美はステージに上った。

「みんな、ちょっと休憩だ」

と、有賀はメンバーに声をかけ、「こちらが有名なバスガイドの町田藍さん」

〈有名〉も意味によるわね、と藍は思った。

〈Zロッカーズ〉は四人。

有賀と、もう一人、ギターの倉持《くらもち》。キーボードの相沢《あいざわ》、そしてドラムの市ヶ瀬《いちがせ》。

各メンバーに紹介された藍は、

「予約電話を受けた秋山のぞみさんに、丹羽久美さんは、あなた方〈Zロッカーズ〉にもよろしく、と言ったそうです」

「下らねえ！」

と、一番若そうなドラムの市ヶ瀬が吐き捨てるように言った。「誰かのいたずらだよ。決ってる」

「そんなこと、分らないぜ」

と、キーボードの相沢が言った。「俺、霊とか信じてんだ」

「でも、その子に俺たち何もしてないぜ」

と、倉持が言った。「どうして俺たちの所に出るんだ？」

「それは分りません」

と、藍が言った。「ただ、これだけは申し上げておきます。もし、霊の出現で、危険があるとすれば、騒ぎになって会場内がパニックになることです。何万人という数の人が逃げようとして出口に殺到したら、大惨事になります。ですから、もしステージ上で、普通でないことが起っても、決して騒いだりあわてたりしないで下さい。お客さんたちが、これって演出かな、と思うように」

「だけど……もし呪《のろ》い殺されたりしたら……」

と、相沢が不安そうに言った。

「幽霊は、自分が被害者なんです」

と、藍は言った。「幽霊は人を傷つけたり殺したりしません。そんなことをするのは、生身の人間です」

「なるほど」

と、有賀が言った。「よし、ともかく俺たちは音楽に集中しよう。もし、出たらこの町田さんに任せるさ」

他の三人は、まだ釈然としない雰囲気だったが、それでも有賀に促されて、リハーサルが再び始まった。

巨大なスピーカーから飛び出した音が、遠くにこだまして返って来た……。

4　秘密

「町田さん」

楽屋の辺りのあわただしい中、秋山のぞみが三田刑事と一緒にやって来た。

「ああ、よく入れましたね」

と、藍は言った。

「刑事の強みで」

と、三田は言って笑った。

秋山のぞみは、緊張してこわばった顔をしている。

「席は？」

「ステージのすぐ前。――何か変ったことはあった？」

「いいえ、今のところ何も」

藍も今は「仕事中」なので、バスガイドの制服姿。

「何だか……不安で」

と、のぞみは三田の腕にしっかりとすがりついた。

「大丈夫。あなたは丹羽久美さんに何も悪いことはしてないんだから」

「でも向うは――」

「ええ。それが妙ね。私もできるだけのことはするから」

「よろしくね」

と、のぞみは心細げな微笑を浮べた。

「私のツアーの『お客さん』たちも、前の方の席にいるんです。目当てはロックじゃなくて幽霊の方ですけどね」

　と、藍は苦笑した。

「制服姿、素敵ですね」

　と、三田が藍を見て言った。

「あら、そんな趣味があったの？」

「君にもセーラー服でも着せるかな」

「やめてよ」

　と、のぞみがやっと笑った。

「じゃ、席に行こう。——町田さん、よろしく」

　と、三田が言って、のぞみと一緒に通路を戻りかけたとき、

「何してるんだ！」

　と、怒鳴る声がした。「おい、誰かこいつをつまみ出せ！」

〈Zロッカーズ〉のドラムの市ヶ瀬である。

「何よ！　あんだけ好きなようにしといて！」

　二十歳《はたち》くらいの女の子が、市ヶ瀬に食ってかかって、スタッフに押えられている。

「お前なんか知るか！　出てけ！」

　と、市ヶ瀬は怒鳴りつけた。

「おい待て」

と、やって来たのはリーダーの有賀で、「君は市ヶ瀬の……」

「この間、ファンイベントで、声かけられてホテルに行ったのよ！　それなのに知らないって――」

「そうか。今は本番前でみんな気が立ってる。終ったら僕が必ず話を聞くから。――おい、この人、どこか席を都合してあげてくれ」

有賀の落ちついた対応に、女の子も渋々スタッフについて行った。市ヶ瀬はその間にさっさと自分の楽屋へ引込んでしまった。

「――どうもお恥ずかしいです」

と、有賀は藍へ言った。

「市ヶ瀬さん、二枚目ですものね」

「でも、今はＴＶカメラも入ってるし、昔みたいにファンの女の子に手を出すなんてこと、すぐスキャンダルになりますから、できないんですがね」

と、有賀は首を振って、「市ヶ瀬に遊ばれた子の方が幽霊よりよっぽど怖いですよ」

「まさか――丹羽久美さんのことをご存じじゃなかったですよね？」

「いや、あんな若い子は……。捕まっちゃいますからね、手を出したら。それは市ヶ瀬もよく分ってると思いますが」

「そうですね。知り合いなら、電話予約しなくても席が取れたでしょうし。——じゃ、私は袖《そで》で拝見しています」

「よろしく」

と、有賀はていねいに頭を下げた……。


コンサートが始まった。

藍は、楽屋の前の廊下を歩いていた。

コンサート会場では、耳をつんざくような大音量でロックが鳴り渡っているのだろうが、楽屋の辺りでは、遠い海鳴りのようにしか聞こえて来ない。

スタッフも、ステージや客席の方で手一杯らしく、ほとんど人気《ひとけ》はなかった。

藍は何となく、この楽屋が気になった。一人一部屋ずつ用意されていて、むろん並んでいるのだが……。

少し気はひけたが、ともかく幽霊に関しては任されているのだ。

「——失礼します」

誰もいるわけはないが、ともかく一つ目のドアを開けて中へ入った。

中の空気を「感じて」みる。——いや、ここは何でもない。

藍は隣の部屋に入った。

ここも、特に変ったことはなさそうだ。

そして三つ目……。ここは、確か市ヶ瀬の楽屋だ。もしかすると、ここに……。

しかし、ドアを開けて中へ入った藍に、部屋の空気を感じている暇はなかった。

中へ二、三歩入ったところで、後ろから頭をいやというほど殴られて、気を失ってしまったのである……。


「いたた……」

と、藍は呻いた。

生れつきの石頭。——小学生のとき、廊下を走っていて、曲り角で一年上の男の子と正面衝突。おでこをいやというほどぶつけた。

相手の男の子はしばし泣き止《や》まなかったのだが、藍はケロリとしていた。

その石頭が藍を救ったのか……。

「ああ……。ここ、どこ?」

薄暗い部屋だった。

どうやら、スポーツの用具をしまっておく倉庫のようなものらしい。何しろここはアリーナなのである。

起き上ろうとして、藍は、

「え？」

と、声を上げた。

手足を縛られている！　――必死でドアの所まで転《ころが》って行って、両足でドアをけってみたが、誰もそばにはいないらしい。

でも――一体誰が？

「参った！　――何とか縄を……」

ステージでは本番中だ。あの四人のメンバーが戻って来るわけはないし……。

しかし、手も足も固く縛られていて、緩む気配はない。

「ああ……。幽霊がこんなことするわけないし……」

と呟《つぶや》くと、

「――何してるの？」

と、声がした。

顔を上げると、女の子がたたんだマットに腰をかけて、藍を眺めていた……。

「あなたは……」

と、藍は女の子の方へ何とか体を向けて、「あの子ね？　丹羽久美さん」

「私としゃべれる人が、他にもいたんだ」

と、久美は愉快そうに、「でも、何してるの？　遊んでるの？」

「遊びで縛られやしないわ」

と、藍は言った。「いたた……。誰かに頭を殴られたのよ」

「私じゃないわよ」

「分ってるわ。こう見えても、幽霊とは長い付合いなの」

「面白い人ね」

と、久美は笑った。「でも、解《と》いてあげられないわ」

「ええ……。人間のことには係《かかわ》らないで。あなたはどうしてここに来たの？」

「〈Zロッカーズ〉、聞きたかったし」

と、久美は遠くから聞こえる音に耳を傾けていたが、「――でも、変ね。一旦死んじゃうと、好みが変るのかな。聞いても、大して感激しない」

「久美さん」

と、藍は言った。「あなたが恨んでるのは誰なの？」

「あの電話の受付よ。秋山のぞみ」

「のぞみを恨むのは筋違いじゃない？　彼女は、たまたまあなたの電話に出ただけよ」

久美は笑って、

「私だって、そんなことで恨んだりしないわよ」

「じゃ、どうして――」

と言いかけて、藍は、「まさか」

と、目を見開いた。

5　殺意

「三十分の休憩です」

と、アナウンスが流れる。

場内が明るくなって、ゾロゾロと席を立つ女の子たちの「大移動」が始まっていた。

「ああ……。耳がおかしくなりそうだ」

と、三田刑事は言った。

「でも、あなた、途中で出てたじゃないの」

「しかし、後半もずっとあの調子だろ？」

「そりゃまあね……。ロックコンサートだもの、仕方ないわ」

「少しその辺をブラついてるよ。後半が始まって戻らなくても心配しないで」

「ええ、分ったわ」

のぞみは席でパンフレットをめくっていたが――。

「秋山さん」

やって来たのは、遠藤真由美。

「ああ、どうしたの？」

「藍さん、見ませんでしたか？」

「藍？　いいえ」

「おかしいな……」

「どうかしたの？」

「いえ、途中で、『ちょっと様子見てくる』って言って、席外したんですけど、それきり戻らなくて」

「あら」

「藍さん、バスガイドとしての責任感の強い人だから、お客を放っといてどこかへ行っちゃうことないんです」

「そう……。でも、ここへは来てないわ」

「じゃ、楽屋かな。行ってみます」

のぞみも立って、

「私も行くわ」

と、真由美と一緒に歩き出した。

――楽屋の辺りは、忙しく立ち働くスタッフでごった返している。

「やあ」

リーダーの有賀が二人を見付けて、「どうです？」

「凄い汗ですね」

と、真由美は言った。

「汗も小道具の一つ」

と、有賀は笑って言った。

「町田さんを見かけませんでした？」

「町田さん？　さあ……。休憩でここへ戻ったときは誰もいなかったけど」

「そうですか」

真由美は、客席の方へ戻ってみたが、やはり藍の姿はなかった。

といっても、何しろ広いアリーナである。どこにいるか捜すのも容易でない。

そのうちに、休憩が終り、真由美は席の方へ戻りかけた。

「――あれ？」

足早に客席へ戻って行く女の子たちの中に、チラッと見えたのは……。

どこへ行くんだろう？

真由美は気になって、少し迷ってから、コンサートはどうでもいい、と決めた。

通路を辿って行くと、大きな扉を開けて中へ入って行く姿がチラッと見えた。

あれって……。

開いた扉のそばへそっと寄ってみると、

「――どういうことなの」

と、藍の声がした。「縄を解いて！」

「そういうわけにいかないんだ」

と、男の声がした。「君があの子を呼び出したりしたら困るからね」

「信じてるの、幽霊を」

「分らないよ。しかし、僕とのぞみの間を邪魔されては困る。――君には自殺してもらう」

三田刑事だ！

真由美は唖然《あぜん》とした。

「馬鹿言わないで。どうして私が自殺しなきゃいけないの？」

「君は、『幽霊と話せる』というインチキを売りものにして商売して来た。この大舞台でしくじって、世間に顔向けできなくなった……」

「そんな理屈が通るとでも？」

「死んじまえば、言いわけできない。世間は『きっと男に振られたとか、借金があったとか、何か事情があったんだよ』と噂《うわさ》して終りさ」

そのとき、真由美が物音をたてた。

「誰だ！」

三田は真由美を用具室の中へ引張り込んだ。

「藍さん！」

「私を捜しに？」

「うん……。この人を見かけて、何だか様子がおかしいな、って」

「大丈夫。私がついてるわ」

「でも、どうしてこの人が――」

「この人が丹羽久美さんを殺したのよ」

「え？　飛び下りたんじゃないの？」

「突き落としたのよ。――取調室で二人きりになったとき、この男は久美さんに手を出した」

三田は顔をしかめて、

「あいつの方から誘って来たんだ！」

と言った。「僕はただ、ちょっとあいつの体に触っただけだ……」

「それを他の刑事に言いつけると言われて、三田は久美さんの口をふさぐために突き落として殺したのよ」

「そんな……。のぞみさん、何も知らないのに」

「どうしてそんなことを知ってるんだ？」

と、三田は言った。

「聞いたわ。久美さんから」

三田は呆気《あっけ》に取られたように、

「早速幽霊と話をしたのか」

「ええ。——ここにいるわ」

「どこに？」

三田が、あわてて用具室の中を見回した。

そのとき、藍がパッと立ち上った。縄はパラリと落ちた。

そして藍は三田のお腹《なか》めがけて、思い切り頭を下げて突っ込んだ。

お腹をもろに突かれて、三田は後ろ向きによろけると、仰向《あおむ》けに引っくり返った。その拍子に、扉で頭をしたたか打って、気絶してしまった。

「——藍さん」

「縄を解いてくれたの。あの子が」

振り向いた真由美は、その少女を見て、

「丹羽久美？　本当に？」

と、興奮した様子。「やった！　幽霊を見た！」

「呑気《のんき》なこと言ってないで。三田が気が付くと大変」

「でも――」

「秋山のぞみが幸せそうにしてるのが許せなかった。私のこと、通報しといて」

と、久美は言った。「でも――放っといて、不幸になるのを見てるのも辛《つら》かった。この男のせいで、ひどい目にあうのは私だけで充分」

そのとき、三田が呻き声を上げて、気が付いた。

「早く！」

藍は真由美の手を取って、用具室から出ようとしたが、

「待て！」

三田の手に拳銃《けんじゆう》があった。

「撃つつもり？　言いわけできないわよ」

「何とか言い抜けてやる。僕は刑事だ。僕の言うことなら――」

「信じないわ」

――のぞみが、扉の所に立っていた。

「のぞみ……」

「聞いてたわ、今の話。真由美さんについて来て良かった」

「のぞみ！　幽霊の話なんて、でたらめだ！」

のぞみは首を振って、

「あなた、見えないのね？」

「何だって？」

「そこにいる女の子が」

三田は笑って、

「幽霊が？　君にも見えるのか？」

「ええ。——あなたには幽霊を見る資格もないんだわ」

「待ってくれ、僕は——」

「行きましょう、藍」

「のぞみ……」

「本当のことを、私、きっと明らかにしてみせる。約束するわ」

と、のぞみは久美へ言った。

「ありがとう」

と、久美が肯いた。「もう少し早く、大人になっていれば、あんなこと、お母さんにしなかったのに……」

のぞみと藍、真由美の三人は用具室を出た。そして通路を少し行ったところで、銃声を聞いて足を止めた。

「――一番いい結果だったかも」

と、藍は言った。

「ええ……。良かったわ、あの子も、お母さんを殺したのを後悔してた」

のぞみは、涙を拭《ふ》いて、「コンサートに戻りましょう」

「きっとあの子も聞いてるね」

と、真由美は言った。

「どうかしら」

と、藍は言った。「あんまりやかましい所に幽霊は出にくいと思うわよ」

色あせたアイドル

1　廃墟

「だけど、大丈夫なのか？」

と、少年の一人が言った。

「何だよ、怖いのか？」

と、他の一人がからかう。

「怖かねえや」

と、ムッとした様子で、「だけど、階段が腐ってたりしてけがしたら、度胸だめしどころじゃねえだろ」

「コンクリートだぜ、建物。大丈夫だよ」

「それならいいけど……」

四人の少年たちは、月明りが照らしている建物の前で足を止めた。

「これか……」

四人はしばらく、心配したり思い悩むことも忘れて、その建物を見上げていた。

四階建のその建物は、五、六年前に閉鎖された病院だった。

もちろん建物は明り一つ見えず、静まり返っている。

「どうする？」

と訊《き》かれて、立川史郎《たちかわふみお》は、

「行くよ！　こんな空《から》っぽの建物のどこが怖いんだ？」

と、肩をすくめた。

「よし！　じゃ、十分で戻って来るんだぞ」

「地下へ下りてって、〈霊安室〉って札を取って来りゃいいんだな」

「ああ、そうだ」

「よし、行って来るよ」

と、史郎は正面の入口を入りかけて、「だけど――」

「怖くなったのか？」

「違うよ！　地下じゃ、本当に真暗《まつくら》だろ？　札を取って来るっていっても、見えないんじゃ……」

「これ、やるよ」

と、一人がポケットからマッチを一箱取り出して、史郎に渡した。「火つけたら明るくなるだろ」

「分った。じゃあな」

正面の扉はガラスが割れて、楽にくぐれた。〈外来待合室〉という文字が消えかかっている。――ボロボロになった長椅子が並んでいる間を抜けて行く。

その辺りは、外の月明りが差し入っていて、歩くのに不便はなかった。

〈階段〉という矢印があった。

史郎は足を止めた。――地階へ下りる階段がある。
五、六段目からは、もう見分けのつかない暗闇に呑《の》み込まれていた。
全身から汗がふき出して来る。膝が震えた。

本当は、逃げて帰りたい。恐怖が這《は》い上って来た。しかし――表で待っている三人に笑われたくない。

もちろん、こんなのは下らないことだ。これで、言われた通りのことをやりとげたからって、ちっとも偉くなんかない。

でも、分っていても――十六歳の少年にとって、

「臆病者！」

と笑われるのは、死ぬより辛《つら》いことだったのである。

そうだ。急いでパッと行って、〈霊安室〉って札を取ってくればいい。早く終らせてしまおう！

自分へそう言い聞かせて、史郎は階段を下り始めた。

途中、マッチをすったが、火はほんの数秒しかもたない。

地階へ着くまでに、マッチを三本も使ってしまった。

どっちだ？　――シュッとマッチをすって、火を少し高く上げると、矢印があって、〈霊安室〉と書かれていた。

廊下は――地階のせいもあるのか――冷え冷えとして、寒かった。

シュッ。――シュッ。

マッチの火が、束《つか》の間《ま》周囲を照らし、消えて行く。揺らぐ明りは、却《かえ》って何でもない物の影まで動いているかのように見せて、怖かった……。

「あった！」

〈霊安室〉という札の下《さが》ったドア。

札が外れなかったらどうしよう、と思ったが、手を伸してつかむと、すぐに外れた。

「やったぞ！」

マッチの火が消えた。

次の一本を出そうとしていると、底冷えする廊下の空気に、フッと生あたたかい風が混った。

シュッ。――火が一瞬辺りを照らす。

早く戻ろう。

そのとき、何かが、火を吹き消した。


「もう着いたかな」

「まだ、階段をへっぴり腰で下りてるくらいさ」

「だけど、マッチだけで良かったのか？　いくら何でも……」

建物の外で待っている三人は、ちょっと意地悪な楽しみににやつきながら、史郎が出て来るのを待っていた。

「俺のときはローソクだったんだぜ」

と、一人が言った。「風で消えそうになって、大変だったんだ」

「自分で懐中電灯持って来る奴もいるしな」

「だって……。いいじゃないかよ！　俺、ちゃんと準備する性格なんだ」

「おい、待てよ」

と、一人が止めて、「今、何か聞こえなかったか？」

「何が？」

「人の声みたいだった」

「史郎の悲鳴じゃねえのか」

「いや、そんなんじゃなくて、話し声みたいだった。——二、三人の」

「そんなわけないぜ。こんな所に人がいるはずないし」

「うん、だけど……」

そのとき、三人ははっきりと聞いた。

暗い建物の中から、数人の男女の話し声が聞こえて来るのを。

声は建物の中に響いて、内容は聞き取れなかったが、それはごく当り前のおしゃべりのようで、笑い声も混っていた。

「——何だ?」

「分らねえ」

そして、一人がかすれた声で、

「おい!」

と言いながら、他の一人の腕をつかんだ。

「見ろよ!」

建物の一番上の階の窓に明りが点《つ》いたのだった。それも、窓一杯に。まぶしいほどの明るさだった。

「こんなわけないぞ! 電気なんか——」

「だけど、明りが点いたぞ」

さらに、三階の窓が一斉に明るくなった。そして二階——。

「何だよ！」

三人は後ずさった。

そして人の話し声は次々に増えて、病院の建物全体から聞こえていた。

足音、ドアの音、ガラガラと台を押すような音。

そして——一階の明りが点いて、三人を照らし出した。

「ワーッ！」

三人は逃げ出した。

一階の光の中に、動く人影がいくつも見えた。——三人の少年は、転んでも気付かず、膝をすりむいても、痛みさえ感じなかった。

「逃げろ！」

汗まみれになり、息を切らしつつ、三人は走り続けた。

そして、やっと足を止めたのは、もうあの病院の建物がすっかり見えない、家並みの中へ来てからだった。

「あれって……何だ？」

「知るかよ」

喘《あえ》ぎながら、しばらく三人は夜道に立ち尽くしていた。

「——おい」

と、やっと一人が思い出した。「史郎は？」

しばらく、沈黙があった。

誰もが、史郎を心配していなかったわけではない。しかし、捜しに行こうと言い出す者はいなかった。

「たぶん……帰って来るさ」

「うん、そうだな」

「大丈夫だよな」

三人は顔を見合せ、流れ落ちる汗を拭《ぬぐ》っていた。

「——帰ろう」

と、一人が言った。「今夜のことは……内緒にしようぜ」

「秘密か」

「うん、そうだな……」

誰もが、「これじゃまずいよ……」と思っていた。

史郎がどうしたか、戻ってみないと。——そう思ってはいた。

「じゃあ……」

と、一人が肩をすくめて、「おやすみ」

と言って駆けて行った。

残った二人も、ちょっとしてから、

「また明日な……」

「うん」

と、それぞれ自分の家へと向った。

あの、かつて病院だった廃墟で、何が起ったのか、その謎《なぞ》にも記憶にも背を向けて、駆け出したのである……。

そして――十二年たった。

2　電話

今日も電話は鳴らない。

ファックスだって、メールだっていい。

ともかく、

「何とか言ってよ！」

と、西川沙紀《にしかわさき》は叫んだ。

しかし、聞いているのは、壁に貼《は》った大きなポスターの中で、ビキニの水着でニッコリ微笑《ほほえ》んでいる、沙紀自身だけだった……。

ケータイは、いつも手もとに置いている。いつ鳴ってもすぐ出られるように。トイレもお風呂も、ケータイを持って入るのである。

しかし、虚《むな》しかった。――ケータイは今日も鳴らない。

「冷たい奴ばっかり！」

と、沙紀は吐き捨てるように言った。

ついひと月前までは、ケータイへひっきりなしにメールを送ってよこしていた、TV局のプロデューサーも、ピタリと連絡して来なくなった。

友達も、親戚も。――沙紀が人気上昇しているときは、しょっ中「サインをくれ」などと言って来たのに……。

でも沙紀の方からは、電話もメールもしない。返事が来ないか、〈着信拒否〉ではねられるのがオチだ。

――沙紀は、小さな一人暮しのマンションで、ただぼんやりとTVを見たり、ゲームをやったりしているだけだ。

西川沙紀は今二十一歳。――十七歳からグラビアアイドルとして、その世界では人気があった。しかし、夢はやはり人気タレントになること。

その夢も、この一年でずいぶん叶《かな》いつつあった。バラエティ番組には準レギュラーで出たし、ドラマにも出ていた。

「遠からずスターだ」

と、持ち上げられていた。

それが——ついひと月前のことだ。

あるバラエティ番組で、地方の小さな港町に行った。生放送で、当日は肌寒い小雨。予定が押して、沙紀はずっと待たされて、くたびれていた。

やっと出番が来たと思ったら、十秒もしゃべらないうちに、東京のスタジオに大物ゲストが来たからと中断してしまった。

沙紀は頭に来た。そして、もう画面が東京へ切《き》り換《かわ》ったと思い込んで、カメラの前を気付かずに通っていた地元の年寄の女性に、

「邪魔だよ、田舎者《いなかもの》が！」

と、悪態をついてしまった。

その場面が全国に流れてしまったのだ。生放送では消すわけにもいかない。

たちまち、マスコミは〈グラビアアイドルの暴言！〉と叩《たた》いた。

あらゆる仕事がキャンセル。——謝罪コメントは出したが、沙紀は「絶対に必要」という存在でもなかった。

そして今、西川沙紀は、「電話の鳴るのを待っている」だけの毎日だ。

一体、今何時なのだろう？

沙紀が大欠伸《おおあくび》をして、TVのリモコンを手にしたときだった。

ケータイが鳴った。

沙紀は飛びつくように取って、

「はい！」

「沙紀ちゃん？」

所属している事務所の社長、小坂弓子《こさかゆみこ》だ。

「どう？　体調は？」

「大丈夫です」

「そう。あのね、仕事が一つ来てるの」

「はい！　やります」

声が弾《はず》んだ。

「あんまりいい仕事じゃないけどね。でも一応全国ネットのTVの仕事だから」

「はい、何でもやります」

「じゃ、明日のお昼、十二時に都庁の前で」

「分りました。あの――」

「私服でね。動きやすい服装にして」

「はい。それで……」

「じゃ、遅刻しないようにね」

と言って、小坂弓子はさっさと切ってしまった。

何の仕事か。——訊きそびれてしまった。

ちょっと心配だったが、今は仕事を選んでなどいられない。

「何だってやってやる！」

と、沙紀は口に出して言った。


「おい、戸田《とだ》」

と、上司に呼ばれたとき、いやな予感がした。

「——何ですか」

と、上司の机の前に行くと、

「これ、明日行ってくれ」

ポンと渡された企画書。

「何ですか？」

「今度のスペシャルで、万一ゲストのキャンセルがあったときのために撮っとくんだ」

「はあ……」

戸田は企画書を開いて、「――西川沙紀ですか?」

「仕方ない。人気のあるタレントじゃ、怒り出すかもしれんしな」

「これって……〈お化け屋敷〉ですか」

「作り物じゃない。本物の病院の廃墟だ」

「本物……。K市の郊外……」

「ずいぶん古くて放ってあるらしい。ともかく明日十二時に都庁前にバスが着く」

「しかし……すみませんが、これ、他の誰かにできませんか」

と、戸田は言った。「こういうの、弱くって」

「馬鹿! そんなことは偉くなってから言え!」

と、一喝《いっかつ》されてしまった。

「分りました……」

戸田は自分の席に戻った。

まさか……。しかし、間違いない。

企画書には写真が添付されていた。

モノクロの写真。そこには四階建の、汚れた建物が写っていた。

「――戸田さん」

ポンと肩を叩かれ、戸田は、

「ワッ！」

と、飛び上った。

「どうしたの？　真青《まつさお》よ」

同期にこのTV局に入社した、同じ二十八歳の本間礼子《ほんまれいこ》である。

「そうか？」

「何の企画？」

と、覗《のぞ》き込んで、「趣味悪いな！　あの西川沙紀を泣かせようとしてるの？」

「そうらしい」

と、戸田は肯《うなず》いた。

「じゃ、戸田さん、一緒に行くの」

「うん」

ケータイが鳴った。

「――もしもし」

と、出ると、

「戸田か？」

「え？」

「俺だ。山根《やまね》だよ」

戸田は言葉を失った。

「——何だ、聞いてるか？」

「もちろんさ。すまん」

山根は雑誌の編集部にいる。グラビアアイドルたちの写真を中心に載せていた。

「実はな、戸田、あの病院、憶えてるだろ」

「え？」

「十二年前のさ、あの——」

「もちろんだ。どうして？」

「実は、さっき編集長に呼ばれてさ、明日あそこへ行けっていうんだ」

戸田は少し間《ま》を置いて、

「俺も行く」

「——何だって？」

「うちの局の企画なんだ」

「本当か？　偶然だな！」

と、山根は言った。「しかし、ちょっとホッとしたよ。俺一人じゃないわけだ」

「嬉《うれ》しくはないけどな」

「ああ。——しかし、仕事だ」

「うん……」

「例の——西川沙紀が行くんだろ？」

「今、干されてて、仕事がないからな。喜んで来るさ」

しばらく二人は黙っていた。

「——山根。あれからずっと……」

「行ってないよ。当り前だろ」

「まだ残ってるなんてな」

「ああ」

「ともかく——明日会おう！」

山根は、いつものように元気よく言ったが、本心からの元気ではなかった……。


「いい加減にしてほしい」

と、町田藍はため息をつきながら言った。

「まあ、これも仕事だよ」

君原《きみはら》はバスのハンドルを握っている。

「そりゃ、ガイドですからね、私は。でも、この仕事は、明らかに私にガイドさせようってことじゃないでしょう」

「そうだな。でも、途中ガイドしてればいい」

「人を馬鹿にして」

と、藍はむくれて、「あの辺りでしょ」

バスは都庁前の広い通りの途中に停《とま》った。

「少し早いな」

「でも、十二時でしょ。——現地まで四、五時間？」

「高速が空《す》いてりゃ、三時間半だな」

「色々準備して、夕方か……。その廃墟になった病院で、深夜まで収録？　よく飽きないわねね」


——町田藍は二十八歳。

弱小観光バス会社〈すずめバス〉のガイドである。

大手の〈はと〉をリストラされて〈すずめバス〉へ。大分縮小されたわけである。

しかし、小さい会社は小さい会社なりの気楽な気風もあり、藍は結構満足していた。

ただ一つだけ——社長の筒見が、経営が苦しくなると（ということは、いつもである）藍の、「幽霊と話ができる」という能力に頼った企画のツアーを考え出すこと。

この夏には、〈幽霊と踊ろう！　霊界盆踊りツアー〉などという企画を立てて、同業者の組合からにらまれた……。

お昼休みには少し早いが、もう昼食に出る男女の姿が歩道に現われていた。

藍は、バスから降りて、左右を見渡していた。

今日は観光ガイドというわけではない。

TV局のロケバスという仕事。珍しいことだ。ガイド付きというのが妙だった。

「いやな予感……」

と呟《つぶや》いていると、

「失礼」

と、スーツにネクタイの男が声をかけて来た。「〈すずめバス〉の町田さん？」

「私です」

「良かった！　僕は〈R広告〉の相川《あいかわ》です」

名刺に〈相川哲也《てつや》〉とある。

「どうも……。あの、TV局のお仕事では――」

「ええ、そうです。ただ、あなたに来ていただこうというのは、僕のアイデアでして」

「お役に立てますか……」

「頼りにしてるんです。あそこは幽霊が出ると有名ですからね」

「あの――」

「着いたらまず、幽霊がいないか、見て下さい」

「私はエクソシストでは……」

と言いかけると、相川は、

「やあ、来た来た。おーい！　ここだ！」

と、手を振った。

やって来たのは二人の男で、

「Mテレビの戸田と、雑誌の編集者の山根です」

と、相川は紹介して、「たまたま今回の企画と係《かかわ》ってるんですが、三人、同じ町出身の幼なじみでして」

「まあ、偶然ですね」

「偶然なのか、本当に？」

と、戸田は不機嫌な顔で言った。

「もちろんさ！　偶然でなきゃ、何だっていうんだ？」

と、相川は一人にぎやかで、「おい、山根。西川沙紀のことはよく知ってるんだろ？」

「まあな」

山根もかなり渋い顔で、「しかし、もう二十一だ。うちのグラビアアイドルは、十六、七が中心だからな」

二十八だとどう言われるのかしら、と藍は思った……。

「二人とも、こちらのバスガイドさんによく挨拶《あいさつ》しといた方がいいぞ。この町田藍さんは、幽霊と仲よく話ができるって人だ」

「おい、妙なこと言わないでくれ」

と、戸田が顔をしかめる。

「あの——先方へお送りして、お迎えは明朝とうかがっておりますが」

と、藍が念を押すと、

「もちろん、あなたにはずっと夜通しいていただくんですよ」

と、相川が言った。

「ずっとですか?」

「ええ、社長さんと話がついています。その代り、〈幽霊手当〉をつける、と」

筒見社長と来たら! ——藍としても、客に自社の社長の悪口を言うわけにいかない。

タクシーがバスのそばで停ると、派手な感じの女の子が降りて来た。

「おはようございます……」

「やあ、沙紀ちゃん」

山根が手を上げて見せると、

「あ、どうも」

西川沙紀は、知っている顔を見て、ホッとした様子だった。

「一人なの?」

「分らないんです。社長さんから今日ここへ行けって言われただけで」

「小坂さんから? しかし、マネージャーくらいついて来ないとね」

「ええ……」

するとまたタクシーが停って、大欠伸しながら、若い男が降りて来た。

「あ、飯田《いいだ》さん」

「やあ、おはよう」

と、スーツ姿の青年は眠そうな目で沙紀を見て、「ゆうべ午前三時に社長から電話で叩き起された。今日、沙紀についてけってさ」

「よろしく……。それで、何をするんですか?」

「聞いてないの?」

「全国ネットのTVの仕事だとしか……」

「へえ。俺も聞いてないんだ」

飯田は、初めから西川沙紀の面倒をみる気などないらしく、他の面々にはおざなりな挨拶をしただけだった。

「——君、何の仕事か聞かないでOKして来たのかい?」

と、Mテレビの戸田が呆《あき》れたように言った。

「ええ……」

「廃墟の病院で一晩過すんだよ」

「え……。それって遊園地の？」

「いや、これはお化け屋敷じゃなくて、本物なんだ。K市郊外にある」

「いやだ……。私、そういうの苦手なんです！」

「仕方ないだろ」

と、飯田が言った。「他に仕事が来ないんだ。誰のせいか、よく考えてみるんだな」

バスのそばに立って、ずっと話を聞いていた藍は、飯田の言い方に思わず眉《まゆ》をひそめていた。

西川沙紀の「暴言事件」は、藍も知っていたが、飯田は所属プロの人間なのだ。沙紀を慰めてやって当り前ではないか。

藍は、沙紀の方へ、

「もうバスに乗ったら？　どの辺の席がいいんでしょうね。好きなお席へどうぞ」

と、声をかけた。

「はい。ありがとうございます」

沙紀はやっとかすかに笑みを浮べると、バスへと乗り込んだ。

「あれ？」

TV局の戸田が、やって来るジーンズ姿の若い女を見て、「本間君、どうしたんだ?」

「一緒に行けって。課長から言われた」

「へえ……」

「課長がね、ゆうべ電話して来て、『戸田の奴、ビクついとったから、仮病でも使って休むかもしれん。見張ってろ』って」

「何だって? ……畜生! あの課長……」

戸田の表情にふき出しそうになりながら、

「本間礼子です」

と、藍の方へやって来て、「この戸田さんとは同期なの。町田藍さんね」

「よくご存じで」

「私、あなたのファンなの。お会いできて良かったわ」

「はあ……」

TV局のクルーがやって来て、メンバーは揃《そろ》ったらしい。

バスは出発した。

藍が気になっていたのは、「お化け屋敷」と化した病院より、妙にピリピリしている戸田、山根、そして相川、三人のことだった。しかし、もちろんそんなことはおくびにも出さず、

「本日は〈すずめバス〉をご利用いただき、ありがとうございます」

と、にこやかにマイクを手に話しかける藍だったのである……。

3　消えた少年

「これって……」

と、西川沙紀は上ずった明るい声を出して、

「ちゃんと、前もって調べてあるんですよね？　中に色々仕掛けをこしらえたりして……。ね、そうですよね。飯田さん？」

飯田はバスの中で眠っていたのを起されて――目的地に着いたのだから当り前だが――不機嫌そうだった。

「知るか。俺は何も聞いてないんだから」

「おい、準備だ！」

と、すぐに動き出したのは撮影のクルーで、指示を出しているのはディレクターらしい若井《わかい》という男で、名前の割には若いのか年齢《とし》をとっているのか、よく分らない、ひげ面の「芸術家風」。

「――どこで撮るんですか？」

と、スタッフが訊く。

「地下に〈霊安室〉があるそうだ。その中で沙紀ちゃんが一晩過す」

「〈霊安室〉って……」

「死んだ人間を置いとくとこさ」

「私……そこで一人でいるんですか?」

沙紀は真青になっている。

藍としては、よその仕事に口を出す立場ではないが、それでも若い女の子をいじめて、泣き出すのを期待しているとは、何とも品のない企画だと思わざるを得なかった。

「いかが、町田さん?」

と、本間礼子が、藍に訊いた。「何か、悪い霊がついてそう?」

「何度も申し上げますが、私はエクソシストではないんです」

と、藍は言った。「何か出てくれば分りますけど、あちらが動かない限り、私にも何も分りません」

藍はそう言ったが、実はここへ近付くだけで何かある空気——目に見えない霧のようなものがもわっとこの辺りを包んでいるのを感じていた。

「——何だか寒くないか?」

と、腕組みして立っていた戸田が言った。

「俺、バスの中にいるよ。いいだろ？」

「戸田さん」

と、本間礼子がにらんで、「何しに来たの？　ちゃんと準備できてるか見なくちゃ」

「君、代りに行けよ。俺、今朝から少し熱っぽくて……」

「沙紀ちゃんは一人で一晩いるのよ。情ないわね」

「分ったよ……」

戸田は渋々言った。「おい、行こうぜ」

山根と相川に声をかける。

「うん……」

「ま、写真も撮らないとな」

二人とも気は進まない様子である。

機材をかついだスタッフは、どんどん中へ入って行く。

藍は建物を見上げていたが、

「私もご一緒しましょう」

と言った。

「心強いわ。ありがとう」

と、本間礼子が微笑んで、「さ、戸田さん、行くわよ！」

と、号令をかけた……。

「ガラスを踏まないように。――おい、ガラスの破片は危いから片付けとけ」

と、若井ディレクターが指示する。「それくらいは手をつけてもいいだろ」

「じゃ、本当にありのままなんですか?」

と、藍は訊いた。

「そういう上の方の指示でね。それじゃつまんないと思うんだけど」

一階の外来待合室を抜けると、地階へ下りる階段があった。

「暗いな。おい、照明!」

強力なライトが階段を照らす。

その瞬間、藍は一斉に階段から逃げて行くものの気配を感じた。

たぶん他の人は何も感じなかったろう。――ここには何かいる。

階段を下り始めると、藍はちょっと眉をひそめ、

「誰かタバコを喫《す》いました?」

「いや、誰も」

「マッチをすったときの匂いが……」

「そう? 全然匂わないぜ」

と、飯田が肩をすくめた。

藍は気付いていた。「マッチ」と言ったとき、戸田たち三人が一瞬息を呑んだのを。

――地階へ下りると、〈霊安室〉はすぐに分った。

「よし、じゃこの廊下にも照明。――とりあえずここの準備を終らせてから、他に絵になる所がないか、見て回ろう」

と、若井が言った。

キーッとドアがきしんで、開いて来た。

「キャーッ！」

と、沙紀が叫んで、本間礼子にしがみついた。

スーツ姿の女性が現われた。

「遅かったわね。待ちくたびれたわ」

沙紀が目を丸くして、

「社長さん！」

「社長……。いらしてたんですか」

と、飯田が言った。

「どうせ、飯田君は沙紀ちゃんの力にはなってくれそうにないしね」

その五十代半ばくらいかと思える女性は、沙紀の所属する芸能プロの社長、小坂弓子

と名のって、

「町田藍さんですね。よろしく」

と、握手する。「沙紀ちゃんの力になってあげて下さい」

「はあ……。でも、どうしてこんな所で……」

「私どもは、局から来た仕事をこなすだけですわ」

と、小坂弓子は微笑んで、「先に着いたんで、中へ入ってみたわ。ガランとして何もない。沙紀ちゃん、大丈夫よ」

「社長さん……」

沙紀は、社長の心づかいに感激して、涙ぐんでいる。

「椅子も何もない。遺体を置いた台はあるけど」

「準備させますよ」

と、若井がスタッフに指示する。

霊安室の中も、たちまちスタッフが照明をセットしたり、カメラの位置を決めたりしていると、ただの「部屋」に過ぎない。

しかし、「それ」は今、逃げているだけかもしれない、と藍は思った。

「今のうちに何か食べといてくれ」

と、若井が言った。

「ロケ弁当ないの？　でもこの辺に食べる所なんてあるのかしら」

と、本間礼子が言った。

――結局、局のスタッフ以外、バスで町へ行って、そこで食べる所を捜すことになった。

町は、広くはないが、静かで小ぎれいな印象。

町の中央に、結婚式場や宴会場、ホテルも兼ねた建物があって、そこのレストランに入ることにした。

みんな思い思いにカレーだのラーメンだの頼んでいると、メモしていたウェイトレスが、

「あれ？　相川君じゃないの」

と、目を丸くした。「私、高校で一緒だった林知江子《はやしちえこ》よ」

「ああ……。憶えてるよ」

相川が戸田と山根を指すと、

「本当だ！　どうしたの三人揃って？」

本間礼子が、

「あの病院の廃墟で――」

と、わけを話すと、

「ええ？　あそこで？　本当ですか」

「何かあるんですか？」

「誰も近寄りませんよ、この町の人は。早く取り壊してほしいって思ってるだけで」

料理のオーダーを中へ通して、林知江子は戻って来ると、

「——みんな、憶えてるでしょ？　同じクラスの立川君があそこで消えたこと」

「消えたとは限らないだろ」

と、山根が言った。「家出しただけかもしれない。あいつの家はお袋さんがうるさくて、よくあいつ、『逃げ出したい』って言ってた」

「でも、あの病院の階段で、立川君のらしい靴が見付かったのよ」

「誰か行方不明に？」

と、藍が訊く。

「ええ、立川史郎って子が。——もちろん病院の中は隅々まで捜索しましたし、町の外や、近くの町も。でも結局見付からなかったんです」

「その後も消息は分らないんですか」

「ええ。——母親と二人で暮してたから。見てる方が辛かった」

と、林知江子は言った。

「俺たちは東京の大学へ行って、町にはそれ以来戻ってない。久しぶりだよ」

と、戸田が言った。

「あれから……十二年？　早いものね」

「あいつの——立川史郎のお母さんって、まだいるの？」

と、山根が訊く。

「いいえ、町からいつの間にかひっそり消えてたわ。どこでどうしてるのかしら」

林知江子は不安げに、「でも——やっぱりやめておいた方がいいんじゃない？　あんな所で一人になったら、それこそ何が起るか……」

「おい、おどかさないでくれよ。沙紀ちゃんが青くなってる」

と、山根が言った。

沙紀は食べかけのカレーライスの皿にスプーンを置くと、

「食欲ない……」

と、情ない顔で言った……。


バスであの病院の廃墟へ戻るころには、もう辺りはすっかり暗くなっていた。

しかし、病院の前の広場は照明が一杯に点いて、真昼のような明るさ。

「これなら大丈夫だ。なあ、沙紀？」

と、飯田が言った。

「でも——地下じゃ私一人なんでしょ」

と、沙紀は仏頂面《ぶっちょうづら》。

「どう思います？」

藍の方へ寄って来たのは本間礼子。

「さぁ……。ふしぎなのは、この町出身の三人が、どうしてこの仕事に係ることになったか、です」

と、藍は言った。

「偶然にしては出来過ぎですね」

「もちろん偶然じゃありません。でも、それは幽霊が仕組むわけにいきませんから。誰か生きている人間が仕組んだことです」

「でも、誰が？」

「さあ、分りませんが……。さっきの、行方不明になった男の子の話が、何か関係あるかもしれませんね……」

ディレクターの若井が建物から出て来て、

「準備ＯＫ！　沙紀ちゃん、入って。部屋の中の様子はモニターで見てるからね」

そう言われても、沙紀には慰めにならない。

「待って下さい」

と、藍が進み出ると、「カメラの死角になっている所に私がいましょう」

「いや、それはだめです。ついあなたの方を見てしまうだろうし」

と、若井は言った。「さ、スタッフについて行って」

と、沙紀を促した……。

4 闇が呼ぶ

「どうするんだ？」

と、若井はモニターテレビの画面を見ながら言った。「これじゃ、番組にならない」

「仕方ないだろ」

と、戸田は肩をすくめて、「上の命令通りにやったんだ」

——もうじき真夜中、午前〇時になる。

沙紀が地下の〈霊安室〉に一人でこもって、もう六時間近くになるが、ともかく何事も起らないので、沙紀も慣れて来て、

「私、眠くなっちゃった」

などとカメラに向って言っている。

「やっぱり少し仕掛けをして、びっくりさせなきゃ」

沙紀が怯《おび》えて泣き出してくれなきゃ、仕事にならないのだ。

しかし、藍は緊張していた。

「よく画面を見ていて下さい」

と、若井へ言った。

「何か起りそうなのか?」

と、若井は笑って、「どうせなら、幽霊を呼び出してくれよ」

「気温が急に下ったの、分りません?」

「そりゃ夜中だから――」

「違います。この寒さは、まともじゃない」

吐く息が急に白くなった。

「――本当!　寒いわ」

と、本間礼子が言った。「町田さん、これは――」

「たぶん……何か起ろうとしています」

「おい、どうした?」

若井が眉をひそめて、「誰か入ったのか?」

モニター画面に、影がチラチラと動き始めた。

「おい、沙紀!　誰かそこにいるか?」

と、山根が呼びかける。

「誰もいませんよ……」

沙紀の声が遠ざかって行く。

「おい……」

画面には霧が立ちこめて、沙紀の姿が見えなくなった。

「いけないわ」

と、藍は言った。「沙紀ちゃんを連れ出さないと！」

「いや、せっかく何か起りそうなんだ。今邪魔しないでくれ」

と、若井が止めた。

「何かあったらどうするんです！」

「おい、霧が消える」

と、戸田が言った。

画面に沙紀が現われた。真直《まつす》ぐにカメラを見つめて、

「久しぶりだな」

その声は沙紀のものではなく、少年のものだった。「戸田、山根、相川。――俺を憶えてるか」

「この声は……」

沙紀が口を動かしているが、声は少年のものだ。

「まさか……」

と、相川が呟く。「この声……」

「俺だ。立川史郎だよ」

と、沙紀が言った。

「何だって？」

戸田が青ざめて、「沙紀！　悪い冗談はやめろ！」

「そうびっくりしなくたっていいだろう」

と、沙紀が言った。「お前たちと別れたのはここだったものな。俺を置いてけぼりにして逃げた。忘れたのか？」

「おい、こんなもの使えないぞ！　やめさせろ！」

と、戸田が若井に向って怒鳴った。

「せっかく再会したんだ。ゆっくりして行けよ」

と、沙紀が言ったとたん、周囲を照らしていたすべての明りが消えた。

「ワーッ！」

という叫び声。

そして、一旦消えたモニター画面だけが、再び闇の中で光り始めた。

「おい、明りだ！」

と、若井が怒鳴っている。

「むだです」

と、藍は言った。「ご覧なさい」

モニター画面の中に、三人はいた。

「——どうなってるんだ！」

戸田、山根、相川……。

それだけではなかった。三人を取り囲んでいるのは、白衣の人々の群だった。

「これって……」

本間礼子が目をみはった。

「ここの住人たちです」

と、藍は言った。

「おい、助けてくれ！」

カメラに向って、戸田が叫んだ。

「落ちついて！」

と、藍は呼びかけた。「あなた方がその人たちに何かしたわけではないんですから、大丈夫。怖がらないで」

「ふざけるな！　ここから出してくれ！」

そのとき、

「あの子をそこへ残して行ったのね」

と言ったのは、小坂弓子だった。

「小坂さん……」

「私は立川秋子《あきこ》。史郎の母です」

「あなたが」

「局の偉い人へ働きかけて、この企画を通したんです。――何があったのか、大体の見当はついていました。その三人が一緒だったことも」

「何があったんですか？」

「史郎は、私にメモを置いて行ったんです。あの子は気の小さな、怖がりでしたから」

と、立川秋子は言った。「私が駆けつけたとき、あの子は霊安室の中で、床に座って、わけの分らないことをブツブツ呟いていました。私は連れ出して……。でも、史郎は、元に戻らなかった。今も施設にいます。恐怖のあまり心が壊れてしまったのです……」

「許して下さい！」

と、山根が叫んだ。「僕らも子供だったんです！　怖かったんですよ！」

「友だちを見捨てて逃げたんですよ。その報いを受けなさい！」

藍は、その間に、照明機器にパワーを送っている発電機へと駆けて行った。明りを切ったのは、人の手だ。

電源のスイッチを入れると、周囲に明るさが戻った。

「町田さん――」

「あの三人を連れ出して！　早く！」

スタッフがあわてて病院の中へと走って行く。入れ代りに現われたのは――。

「沙紀ちゃん！」

呆然《ぼうぜん》とした様子で出て来た沙紀は、その場に倒れた。

スタッフが、戸田たち三人を連れ出して来た。――三人は両手を振り回し、わけの分らないことを叫びながら、辺りを走り回っていた。

「どうしましょう？」

と、本間礼子がオロオロしている。

「しばらくすれば元に戻りますよ。――きっとここには二度と来ないでしょうけど」

藍は、立川秋子へ、「あの人たちを許してあげて下さい。同じ恐怖を味わっています」

「息子の前に手をついて詫《わ》びさせます」

「私――史郎さんも、何か変化があるかもしれないと思いますわ」

「あの子に？　本当ですか？」

母親の顔が紅潮した。

そのとき——病院の建物中に一斉に明りが点いたのである。

誰もが啞然《あぜん》として眺めていると、病院が震えるように揺らぎ始めた。

「危い！　離れて！」

と、藍は叫んだ。

病院が崩れ始めた。


もともと古くて、いつ崩れてもおかしくなかった。

「当局の見解はそういうことです」

と、藍は言った。「社長、私に無断で、勝手に私を貸し出さないで下さい！」

「話したつもりだったんだがな」

と、筒見はとぼけた。

言ってもむだか……。

藍は、バスの掃除を始めた。

「おお冷たい……」

手がかじかんでいる。

「町田さん」

呼ばれて振り向くと、本間礼子と西川沙紀が立っていた。

「まあ……。どうも」

藍はタオルで手を拭《ふ》いた。

「戸田さんは辞職しました。立ち直るのにしばらく時間がかかるでしょう」

「でも、社長さんの息子さん、母親のことが分るようになったんです」

と、沙紀が言った。

「沙紀さん。——社長さんを恨んでないの？」

「いいえ。あの夜から生れ変ったような気がしています」

沙紀は、服装も地味になって、急に大人になったようだ。「可愛《かわい》いだけのアイドルなんて、虚しい気がして。一から、演技も歌も勉強して、たとえ人気が出なくても、脇でいいお芝居のできる女優になりたいんです」

「それはいいことね」

「あのとき、あの病院に起った色んなこと、一人一人の患者さんの人生を見ました。——私、世の中のことなんか、何も知らなかった」

沙紀は微笑んで、「何もかもこれからです。ありがとう、町田さん」

「いい仕事をしてね」

握手をして、沙紀は帰って行った。

「——でも、何だか寂しいみたい」

と、本間礼子が言った。「アイドルのときのキラキラしたものが消えて……」

「それが成長っていうものです。代りはいくらでも出て来ますよ。ね？」

「そういう子もいないと、ＴＶ局はやっていけません！」

と言って、本間礼子は笑った。「お手伝いしましょうか、バス洗うの？」

心中嫌い

1　情の濃い女

「ねえ、藍さん」

と、遠藤真由美が深刻な口調で言った。「情《じよう》が濃い、ってどういうこと？」

町田藍は面食らって、

「どうしたの？　十七歳の高校生にしちゃ、妙な質問ね」

もっとも、深刻そうな口調ではあったが、二人して山盛りのパスタを食べながらだったから、全体としてはさほど重苦しくはなかった……。

町田藍は二十八歳。〈すずめバス〉という弱小観光バス会社のバスガイドである。

そこの「お得意さま」が、遠藤真由美、藍のことを姉のように慕っている。

「お父さんが言ったの。『あいつは情の濃い女なんだ』って」

「あなたにそんなことを？」

「ううん、お母さんに。――お父さん、このところ恋人ができてね。我が家は冷戦状態」

「お母さん、怒ってお父さんを寝室から叩《たた》き出しちゃった。お父さん、仕事用の書斎のソファで寝てるわ」

「あらまあ」

「じゃ、その恋人のことを言ったのね？」

「うん。お母さんとゆうべも大喧嘩《おおげんか》になって、お母さんが、『あんな女のどこがいいのよ』って怒鳴ったら、お父さんが言ったの。『お前には分らないだろうが、あいつは情の濃い女なんだ』って……」

「ふーん」

藍はパスタをフォークに巻き取って、「味が濃いってのは分るけどね」

「それなら、私にも分る！」

と、真由美が言った。

ちょうどテーブルのそばを通りかかったウェイターが、

「味、濃いですか？」

と訊《き》いた。

「――あ、いえ、そうじゃないの。おいしいわ、とっても」

と、藍はあわてて言って、真由美と顔を見合せると、一緒になって笑った。

「そうねえ……」

藍は考え込みながら、「面倒見がいい、っていうのも……ちょっと違うか。ともかく、好きになった男の人に、とことん尽くしたいと思うような、そういうタイプの女性かな」

「ふーん」

真由美は感心したように肯《うなず》いて、「それって、体の相性がいいってことも含めて？」

「え？　そう……。そうね。たぶん、そういうこともあるでしょうね」

藍の方が少々照れている。

「お父さんなんか、もう五十過ぎなのになあ。それでも若い女がいいのかしら」

「そうねえ」

藍はパスタを食べ終えると、「デザートに行く？」

「うん！」

二人は恋に熱中する以上の熱心さで、ワゴンのデザートを選んだ。

「男はね、五十代くらいになって、自分が年齢《とし》とって来たって思うと、怖くなるのよ。少しでも、『自分はまだ若い』って思いたがるの。それには若い女の子と付合うのが効くのね」

「へえ、そんなもんか」

「私だって、詳しくは知らないわよ」

と、藍は念を押した。

「藍さん、そういう五十代、六十代の男と付合ったことある?」

「だから、知らないって言ったでしょ。想像での話よ」

「本当?」

「こら! 信じてないな」

「だって、藍さんって、年上のお客にもてるじゃない、凄《すご》く」

「バスのお客は、仕事のお付合いでしょ。一日過ぎれば終り」

「ロマンスとか、生れない?」

「全然」

と言って、藍は真由美の頭を撫《な》で、「あなたも、もう二、三年すると分るわよ」

「そうかなあ」

真由美はため息をついた。

それがまるっきり大人のようなため息だったので、藍は笑ってしまった……。


「真由美ちゃん、いつまでため息ついてるの?」

レストランを出て夜の公園を歩きながら、藍は訊いた。

「え?」

真由美はキョトンとして、「私、ため息なんかついてないよ」

「でも、今――」

と、藍が言いかけたとき、

「助けて！」

と、声がして、二人のすぐそばの茂みから女が飛び出して来た。

あ、この人の喘《あえ》ぎ声《ごえ》だったのか、と藍は思ったが、そんな呑気《のんき》なことを考えている場合ではない。

女はスーツを引き裂かれ、ブラウスに血がにじんでいる。裸足《はだし》で、藍へと駆け寄って来ると、

「お願い！　助けて！」

と、すがりついて来たのだ。

「どうしたんですか？」

「殺される！　追われてるの！」

髪を振り乱し、必死の形相《ぎょうそう》。

「真由美ちゃん！」

と、藍は言った。「この人を連れて、早く表の通りへ。誰かに一一〇番してもらって」

「うん、分った」

真由美がその女の腕を取って、「こっちですよ！」

と、一緒に走り出す。

すると、茂みをガサゴソとかき分けて、

「あやの！　どこだ！」

と、男が顔を出した。

頭の禿《は》げ上った、五十歳ぐらいかと見える男で、息を切らしつつ、茂みから出て来た。右手に先の尖《とが》った小型の包丁を握っている。

藍を見ると、

「今、女が逃げて来なかったか？」

と訊いた。

「女の人は、もう行ってしまいました」

「行った？　どっちへ？」

「殺すつもりですか？　もう諦《あきら》めなさい」

と、藍は厳しく言った。「すぐ警察が来ますよ」

「あんたの知ったことじゃない！」

と、男は喚《わめ》いた。「俺はあいつと心中するんだ！」

「心中？」

「そうだ！　あいつも承知してくれたんだ。それなのに、急に逃げ出して――」

「それはいやだってことでしょ。そりゃ、いざ死のうとなったら、誰だって怖くなりますよ。そんな刃物なんか見せられたら」

男は、急に力が抜けたようにがっくりと膝をついた。

「あいつ……。あいつのことだけは信じてたのに」

と、涙を流している。

「ともかく落ちついて下さい。ね、もう心中はだめになったんですから、あなたも気を取り直して」

「あんたには分らない」

と、男は弱々しい声で、「あやのはな……情の濃い女なんだ」

藍は、ついさっき「情の濃い女」について真由美と話していたので、ギクリとした。

「だからって、死んじゃったらおしまいじゃないですか。生きてれば、またいいことがありますよ」

藍はできるだけサラリとした口調で言った。「さ、ともかくその包丁をこっちへ渡して下さい」

男は藍をふしぎそうに見上げて、

「あんたでもいい……」

「は？」

「あんた、あやのの代りに俺と心中してくれんか」

藍は目を丸くして、

「冗談じゃないですよ！　どうして会ったこともないあなたと――」

「今会ってる」

「馬鹿言わないで下さい！」

「そうか……。やっぱり俺なんかと死んでくれる女はいないんだな」

「どうでもいいですから、その包丁を――」

と言いかけたとき、男は突然包丁を自分の胸へと突き刺したのである……。

2　不運な女

「あんたなのね！」

女が一人、藍に駆け寄って来るなり、平手で藍の頰《ほお》を思い切りひっぱたいた。

藍は痛いよりもびっくりして、

「何ですか、あなた！」

と、目を見開いた。

「主人をたぶらかして、心中しようなんて誘惑して」

「ちょっと待って下さい！」

「ただじゃ済まさないからね！　訴えてやる！」

ヒステリーを起しているとしか思えない。今度は藍が平手で女の頬をバシッと叩いた。

「勘違いしないで！　ご主人の相手は私じゃありません！」

と、怒鳴り返すと、相手はたじたじとなって、

「だって……」

と、口ごもっている。

「お母さん！」

と、後を追うように駆けて来たのは大学生くらいの女性で、「勝手に行っちゃわないで。この方、たぶんお父さんを病院へ連れて来てくれた人よ」

「え……。まあ、どうしましょ」

と、あの男の妻らしい女はよろけて、「私ったら……」

深夜の病院である。

「私は町田藍といいます。久野《くの》さんとおっしゃるんですね？」

「はい。父は久野和重《かずしげ》といいます」

と、娘の方が答えた。「母は美保《みほ》、私、娘のルミ子です」

「お父さんは助かりますよ。大丈夫」

と、藍は言った。「包丁で自分の胸を刺したけど、痛くて浅くしか刺せなかったんです」

「みっともない……」

と、妻の美保がため息をついて、「ご近所に顔向けできないわ」

「お母さん、お父さんが死ぬよりいいじゃないの」

ルミ子にたしなめられて、

「そうね……。町田さん、でしたかしら。申し訳ありません。早とちりしてしまって」

「相手の女に会ったことがなかったんですものね」

「そうなんです……。主人はそりゃあおとなしい、気の小さな人で、五十を過ぎるまで浮気なんかしたこともありません。それがあの女と出会ったばっかりに……」

と、妻の美保がまたヒステリーを起しそうなのを見て、藍はあわてて、

「ともかく、命に別状なかったんですから」

と、遮《さえぎ》った。「これでご主人も目が覚めますよ。ね？」

「だといいんですけど……」

と、美保は涙ぐんでいる。

しかし、あのときの二人の様子を見ると、

「心中しよう」

と言い出したのは久野の方だろうと思えた。

「相手の女の人はどこなんですか？」

と、ルミ子が訊く。

「お父さんにちょっと傷をつけられて、この病院で手当てしてもらってますよ」

「まあ、この病院で？」

と、美保はまたカッとなったようで、「どこにいるんですか？　ひっぱたいてやる！」

「お母さん」

と、娘がたしなめて、「お父さんだって、いい年齢《とし》した大人なんだから。女の人のせいばかりにはできないよ」

娘の方がよほど冷静だ。藍は、ちょうど医師がやって来たので、

「あ、けがした方のご家族です」

と、紹介した。

「ああ。——自分で胸刺した人ね。かつぎ込まれて来たときは大変でしたよ。『痛い、痛い！　何とかしてくれ！』って大騒ぎで」

「はあ……」

美保がしょげてしまうのを見て、藍はそっとその場を離れた……。

別のフロアの廊下の長椅子に、あの女が座っていた。

真由美がついていたのだが、もう遅いので藍が家へ帰したのである。

「帰りたくない！」

と、真由美はごねていたのだが、藍に言われて渋々帰って行った。

「あやのさん？」

藍が声をかけると、女はハッと顔を上げ、

「あのときの……。ありがとうございました！」

と、急いで立ってお辞儀をしたが、「あ、いたた……」

傷が痛んだらしく、顔をしかめた。

「ほらほら、また出血しますよ」

と、藍は女を座らせた。

「すみません……。乳のそばをちょっと切りつけられて」

女は長椅子にかけたまま、もう一度頭を下げた。

——女は海原文乃《うなばらあやの》といった。三十代半ばくらいか。

「じゃ、久野さんの奥さんと娘さんがみえてるんですか」

と、海原文乃は言った。

「ええ。でも、奥さんはかなりカッカしておいでだから、今会わない方がいいと思いますよ」

　それを聞いて、文乃はうなだれると、

「恨まれて当然です」

　と言った。

「どうして？　心中しようって言い出したのは、久野さんの方じゃなかったんですか？」

「そうです」

　と、文乃は肯いて、「私、バーでホステスやってて……。久野さんがそこにお客として来たんです。――何となく気が合って、久野さんもお家のことで、グチをこぼしたりしているうち……」

「深い仲に？」

「ええ。でも――浮気は浮気で、私はあの人の奥さんになる気なんてなかったし、いずれ私に飽きて別れて行くだろうって思ってました」

「でも、そうはいかなかったんですね」

「はい……。久野さんから、『妻と別れることはできないが、君とも離れたくない。一緒に死のう』と言われて」

「何も死ななくても……」

「私も、そのときは久野さんの気迫に呑《の》まれて、『ええ』って答えてしまいました」

「それで、あの公園に？」

「いざってときになって、私、こんなことで久野さんを死なせちゃいけない、と思ったんです。で、『やめましょう、こんなこと』って言ったら、久野さん、怒っちゃって、『俺のことを裏切るのか！』って」

「無理心中になりかけたんですね」

「ええ」

「それなら、あなたが恨まれる理由もないみたいですけど」

と、藍は言った。「確かに、あなたを傷つけたわけですから、傷害罪に問われるでしょうけどね」

「それだけじゃないんです」

「というと？」

「私……何だか『男の人が心中したくなる女』らしいんです」

「え？」

「だって……心中しそうになったの、久野さんで三人目なんですもの」

藍は目を丸くした。

「三人！　これまでの二人は……」

「一人目は私がまだ高校生のときで、相手は担任の先生でした。二人目はＯＬになったとき、直接の上司だった人で……」

「亡くなったんですか？」

「いえ、二人ともけがしただけで……。あ、先生は溺《おぼ》れかけたんでした。二人で川へ身を投げたので」

「三人もね……」

「一人、二人までは私も偶然かと思いましたけど、久野さんで三人目となると……。やっぱり、原因は私にありそうで」

「なるほどね」

海原文乃は、確かになかなか魅力的な女性である。整った美人というのではないが、どこか男心をくすぐる可愛《かわい》さがある。

「それって、何かが取りついてるんですよ、きっと！」

と、突然現われたのは真由美だった。

「真由美ちゃん！　帰らなかったの？」

「だって、ちゃんと見届けないと、帰っても眠れない」

「変な趣味ね、全く」

と、藍は苦笑した。

「文乃さん！　この町田藍さんはね、特別に霊感が強くて、幽霊と話ができるんです！」

「こんな所で売り込まないで」

「週刊誌で読みました。バスガイドさんですよね」

「そうですが……」

「じゃあ……お願いです！」

と、文乃はいきなり藍の手を握りしめて言った。「私の家へ来て下さい！」

「あなたのお宅？」

「田舎《いなか》の実家です。えっと、あの家に何かあると思うんです」

「でも……。まあ、あなたには何も感じませんけどね」

「じゃ、藍さん！　そのお家へ行ってみましょうよ！」

真由美は、今にも出発しそうな勢いだった……。

3　とばっちり

ああ眠い……。

バスガイドという仕事柄、いつも朝早く出勤するわけではない。

藍はラッシュアワーが過ぎた駅のホームで大欠伸《おおあくび》した。

ゆうべのツアーが予定を大幅に遅れ、解散したのが夜の十一時。営業所へ戻って、アパートに帰り着いたのは午前二時を回っていた。

「今日の仕事が遅くて助かった」

と呟《つぶや》いていると、

「電車が参ります」

と、アナウンスがホームに響く。

藍は、ふとベンチに一人で座っている男に目を留めた。

サラリーマンらしく、背広の上に薄手のコートをはおっているが、頭を垂れて、両手で顔を覆っている。

客商売の習性で、藍は歩み寄ると、

「どうかなさいましたか？」

と、声をかけた。「ご気分でも？　駅員さん、呼びましょうか？」

すると、男が顔を上げた。青ざめた顔、充血した目で藍を見上げる。

「あの、具合悪いんでしたら——」

「君！」

と、男はいきなり藍の右手を両手でぐいとつかんだ。

「な、何ですか？」

電車がホームへ入って来る。

「僕と一緒に死んでくれ！」

と言うなり、男はパッと立ち上って、電車がやって来ようとする線路の方へ引張って行った。

「ちょっと！——何するんですか！」

よろけた藍は、そのまま二、三歩引張って行かれたが、何とか踏《ふ》み止《とど》まり、

「ふざけんな！」

と言うなり、男の手を振り切って、拳《こぶし》を固め、男の顔にパンチをお見舞いした。

男はホームに大の字になってのびてしまった……。


「全く、もう！」

藍はブツブツ言いながら電車を降りた。

駅で引き止められて、すっかり遅くなってしまったのだ。

まあ、他人から見れば、いきなり男を殴り倒したのだから、そのまま「どうぞご自由に」というわけにいかなかったのだろう。

殴られた男が息を吹き返し、藍の言い分が正しいことが分って、やっと解放されたのである。

「変な奴が多いんだから、本当に」

藍は改札口の手前まで来て、ハンカチを忘れたことに気付いた。バスガイドが白いハンカチを持っていないのはうまくない。

隅っこの方に小さな売店があった。

「すみません、ハンカチある？」

と、小銭入れを取り出しながら訊くと、そこに座ってうつむいていたおばさんが、

「涙を拭《ふ》くの？　血を拭くの？」

と言ったのである。

「――え？」

そのおばさんがゆっくり顔を上げた。

真白《まつしろ》でひからびた、死人の顔が藍を見上げて、

「お前さん、私と一緒に死んでくれる？」

と言った。

藍はじっと見返して、

「私は生きてるのよ！　あんたなんかに用はないわ！」

と、厳しい口調で言った。

すると、藍の目の前には——シャッターが下りて、古ぼけた、もうずいぶん使われていない売店があるだけだった……。

——一緒に死ぬ。

藍は改札口を出て急ぎながら、ケータイを取り出して、真由美にかけた。

「——もしもし、藍さん？　どうしたの？」

「真由美ちゃん、この間心中しそこなった女の人だけど」

「海原文乃さん？」

「そう。あの人の連絡先、聞いてたわね」

「うん」

「連絡してくれる？　あの人の家へ行ってみるわ」

「やった！」

と、真由美は嬉《うれ》しそうに、「一緒に行っていい？」

「だめだって言っても来るんでしょ」

と、藍は言った。「誰かと心中しそうになっても知らないわよ！」

ともかく、その夜のツアーをこなさなくてはならなかった。

この日は幽霊とは関係ない、普通の〈お徳用！　格安グルメツアー！〉。

高級料亭や、ミシュランの星付きのレストランを回る〈グルメツアー〉はあるが、〈すずめバス〉ではそこまでやれない。

〈格安！〉を売りに、穴場的なレストランやスイーツの店を回るのだ。

しかし——安く値切っているので、どうしてもそれなりの味でしかなく、中には、〈フルコース！〉と言いながら、皿一枚に、オードヴルからデザートまでのっていたり……。

でも、常連の客はやさしくて、

「少しずつだから食べられるのよ」

「そうそう。値段考えたら充分」

藍としては、涙ぐみさえしてしまう。

五か所を回るツアーだったが、三か所目を終って、

「では次に、今話題の豚しゃぶのお店へと向います。健康にいいと定評が——」

と言いかけたとたん、急ブレーキ。

藍もさすがに引っくり返ってしまった。

「——おい、大丈夫か？」

ドライバーの君原が訊く。

「私は何とか……。皆さん、大丈夫でしたか！」

と、藍は立ち上って呼びかけた。「いたた……」

お尻をしたたか打っていた。

「おい、このバスに用らしい。今、前に飛び出して来たおばさん」

と、君原が言った。

「え？」

バスの乗降口の扉を、手で叩いている女性を見てびっくりした。——心中未遂した、久野和重の妻、美保だ。

扉を開けると、

「町田さん！　すみません！」

「奥さん、どうなさったんですか？　こんな所に」

「会社へ訊いて、今どの辺にバスがいるのかを」

と、久野美保が息を弾《はず》ませている。

「どうしたんですか？」

「娘が……」

「ルミ子さんですか？」

「ええ。あの子が——心中しそうなんです！」

藍はびっくりした。

「ルミ子さんが……。誰とですか？」

「それが……」

と、美保は今にも泣き出しそうになって、「主人となんです」

「ご主人と……。それって、お父さんと心中ってことですか？」

「そうなんです！　もう何だかわけが分らなくて」

「あの――それで、今はどこに？」

「病院です。主人とルミ子が手を取り合って……」


父と娘の、しっかりと抱き合っている姿がライトに照らし出されていた。

〈すずめバス〉は、急遽《きゆうきよ》行先を変更して、久野の入院先の病院へと向ったのである。

病院の辺りはもう大騒ぎになっていて、TV局の中継車までやって来て、リポーターが、

「今、二人は固く抱き合って、死へのダイビングを実行しようとしています！」

と、絶叫していた。

ライトが照らし出す二人は、病院の七階建の建物の屋上にいた。――高い手すりをどうやって乗り越えたのか、ガウン姿の久野と、セーターとパンツ姿のルミ子は、手すり

の外側に立っていて、ほんの数十センチ、前へ踏み出せば、地面へ真逆様《まつさかさま》という状況だった。

藍がバスを降りると、

「藍さん！」

と、駆けて来たのは、遠藤真由美。

「こんな所にまで来たの？」

「TVで中継してたから！　やっぱりおかしいわよね」

「そうね。ルミ子さんって、とても落ちついた子に見えたけど」

「どうするの？」

「どうするって言われても……。私、レスキュー隊じゃないのよ」

藍としては、ため息の一つもつきたくなる。

「お願いです！　あの子を助けてやって下さい！」

一緒にバスに乗って来た美保が、藍にすがるように言った。「主人はどうでもいいですから」

――藍は病院の入口で警官に止められたが、美保が話をつけて、中へ入れた。

困った様子の院長に訊くと、二人は、屋上に誰か上って来たら、飛び下りると言っている という。

「変ですね」

と、藍は言った。「飛び下りるつもりならとっくにやってるでしょう。TV局まで来て中継しているのも分ってるだろうし……」

藍は、真由美へ、

「海原文乃さんに見せようとしてるのかもしれないわ。連絡してみて!」

「分った」

「屋上へ行ってみます」

と、藍は言った。「エレベーターは屋上まで行くんですか?」

「ああ、もちろん」

しかし、エレベーターでいきなり上って行っては、二人で本当に飛び下りてしまうかもしれない。

「階段は?」

藍はエレベーターで五階まで上ると、そこから階段を上って行った。

真由美は下に置いて来ている。

屋上へ出るドアがある。——そっと開けてみると、下からの照明がまぶしいほど。

「そうか……」

藍の姿がTVカメラに映ってしまったら、きっと下のリポーターが騒ぐだろう。二人にそっと近付こうとしても、不可能かもしれない。

下のTVカメラに入らないよう、藍はドアを細く開けて、這《は》い出した。

柵の向うに、久野とルミ子の姿が見えている。照明は外側から当っているので、二人の姿はシルエットになっている。

風が吹いていて、二人の話している言葉が風に乗って聞こえて来た。

「俺は幸せだ……」

と、久野がルミ子をしっかり抱き寄せて、「一緒に死んでくれる女がいて」

「私も幸せよ」

と、ルミ子が言った。「あなたと死ねるなんて……」

おかしい。ルミ子が父親のことを「あなた」と呼んでいる。

藍は、二人まで数メートルの所へ来て、これ以上は気配で気付かれると感じ、立ち上った。

「――誰だ?」

久野が振り返った。

「久野さん」

「あんたは……あのときの女だな」

「何をしてるか分ってるんですか?」

と、藍は言った。「死にたきゃ、一人で死になさいよ！　娘を道連れにするなんて、ひど過ぎますよ」

「何を言ってるんだ」

と、久野は笑って、「娘だと？　こいつは文乃だぞ」

二人とも、何かに取りつかれている。

「ルミ子さん！　しっかりして！」

と呼びかけると、ルミ子が振り返って、

「誰を呼んでるの？」

と言った。「私はこの人と死ぬのよ」

そしてルミ子は、

「もう、これだけみんなが見てくれたら満足ね」

と、父親の腕にしっかりと自分の腕を絡《から》みつけた。「さあ、行きましょう」

「ああ」

「だめ！　やめて！」

と、藍は叫んだ。

そのとき、

「藍さん！」

と、真由美が屋上に飛び出して来た。「ケータイに、今、文乃さんが出てる！」

「投げて！」

真由美が放り投げたケータイを、藍は受け取ると、

「もしもし！　町田藍です！　今、二人が飛び下りようと――。え？　――分りました！」

藍はケータイを二人の方へと向けた。「これを聞きなさい！」

飛び下りようとしていた二人が振り向いた。

ケータイから、文乃の声が発せられると、二人はハッと目が覚めたように、

「お父さん？」

「ルミ子。――どうしたんだ？」

と、顔を見合せる。

「落ちついて！　その柵にしっかりつかまるのよ！」

と、藍は言った。

二人は初めて自分たちがどこにいるのか気付いた。

「キャーッ！」

と、ルミ子が叫んで、しゃがみ込んでしまう。

「危い！」

藍は駆け出した。

柵の外側には、しゃがみ込んでいられるほどのスペースはない。

「あ……」

体が揺らいで、ルミ子の体が落ちそうになった。

「ルミ子さん！」

柵の間から手を出して、藍は落ちようとするルミ子の腕をつかんだ——。

4　故郷

「あ、文乃さんだ！　ね、藍さん！」

列車がホームへ入って行くと、窓からずっとホームを見ていた真由美が、藍をつついた。

「痛い！」

と、藍が悲鳴を上げた。

「あ、ごめん！」

と、あわてて手を離し、「つい、忘れちゃうんだ」

「バッグ、持ってね」

「はいはい」

藍と真由美は立ち上った。

列車を降りると、ホームに海原文乃が迎えに来ていた。

「どうもわざわざ」

と、文乃が頭を下げる。「町田さん――大丈夫ですか？」

「ええ……。肩がまだ痛くて」

何しろ、病院の屋上から落ちようとしたルミ子の腕をつかんだものの、ルミ子の体重を右手で支えることになり、柵に肩を挟まれて、ひどい目にあったのである。

しかし、ルミ子は助けられた！

父親の方は、「高所恐怖症」で、柵にしがみついているのがやっと。娘を助けるどころではなかった……。

――田舎の小さな駅から、文乃が運転する小型車で、文乃の家へ向う。

「山の中の町で、特に私の家は外れなので」

と、文乃は言った。

人家が途切れた後、林の中の道を少し行くと、いかにも旧家という構えの屋敷に着く。

「――凄いお屋敷」

と、真由美が目を丸くした。

土蔵まである。——藍は、ちょっとの間、その土蔵を眺めていたが、

「文乃さん」

と、玄関へ向う文乃へ呼びかけた。「あの土蔵は、どなたか使ってらっしゃるんですか?」

「いいえ。ただの物置です。どうしてですか?」

「いいえ、ちょっと……」

と、藍は言った。

広々とした玄関を上る。

そろそろ日が暮れかかって、屋敷の中が暗く沈もうとしていた。

「母が、暗くなってからでないと起きて来ないので」

と、文乃が言った。「先にお食事をなさって下さい」

「ご厄介になります」

藍と真由美は二階へ案内された。

ガランとした、二十畳くらいもある客間に通される。

「すぐお食事になりますので」

と、文乃は言ってさがって行った。

「——広いんだ」

「昔のお屋敷ね」

と、藍は言った。

母と会って下さい。——文乃はそう言って来たのである。

そして、この家に何かがある、とも……。

「藍さん、何か感じる？」

「今のところ、何とも」

と、藍は言った。「真由美ちゃん、お願いだから、危いことには首を突っ込まないでね」

「はいはい」

言ってもむだだと分ってはいたが……。

「でも、今度の騒ぎには感謝してるんです」

と、食卓で、文乃は言った。

「というと？」

「私、母の言いつけに逆らって、東京へ出て行ったんです。ＯＬになって、しかも上司と心中しかけて……。みっともなくて、帰って来られませんでした。でも、今度のことで母の方から『戻っておいで』と言って来て」

「そういうことですか」

「私も、ホステスなんか、およそ合わないもので……。久野さんみたいな人は珍しいんです」

確かに、地味なセーターとスカート姿は、文乃によく似合って、この家の空気に溶け込んで見える。

「お母様は何とおっしゃるんですか？」

「海原とよ子と申します」

「とよ子さんね……。お父様は？」

「死にました。私が子供のころに」

と、文乃は言った。「母はこの家の一人娘で、父は婿養子だったんです。この辺一番の大地主だった母に、父は頭が上らなくて酒に溺れ、早死にしてしまったようです」

藍はゆっくりと肯いた。

「――こんな広いお家、他に人は？」

と、真由美が訊いた。

「通いの使用人が何人かいます。住み込む人は今はいません」

食事が終って、お茶を飲んでいると、廊下がキュッキュッと鳴った。

「――母ですわ」

と、文乃が立ち上った。

障子が開いて、

「よくいらっしゃいました」

と、和服の老婦人が入って来た。

海原とよ子は、まだ七十になっていないということだったが、髪が真白で、ずいぶん老けた印象である。

しかし顔立ちは文乃に似て可愛く、よく見れば肌も若々しい。

「あなたが、ふしぎな力をお持ちのバスガイドさんですね」

と、とよ子は言った。

「いいえ。ただ霊的なものに反応するだけです」

「それはすばらしいことですね」

「場合によります」

「文乃が、ぜひこの家へおいでいただこうと言って……」

「でも、文乃さんご自身には、霊的なものは何も感じないんです」

と、藍は言った。「久野さんにしても、ルミ子さんにしても、直接文乃さんのせいで心中しようとしたとは思えません」

「それでは――」

「何か《ヽ》が、文乃さんの体を借りて、他の人へと移って行ったのでしょう」

「その何かとは？」

「——分りません。お心当りは？」

藍の問いに、とよ子は少し黙っていたが、

「——文乃」

「なあに、お母さん？」

「この方に、家の中をご案内しなさい」

「はい」

「それでしたら——」

と、藍は言った。「あの土蔵を見せて下さい」

とよ子は、ちょっと眉《まゆ》を上げて、

「あの土蔵に何か？」

「はい。何かの気配を感じました」

文乃が立ち上って、

「じゃ、こちらへ」

と、先に立って廊下へと出て行った……。

「百年以上たつもののようです」

と、文乃が言った。

「みごとな造りですね」

藍たちは、どっしりと大地に根を生やしてでもいるかのようなその土蔵を見上げた。

「今、開けます」

重そうな錠前を、力をこめて開けると、文乃は、戸をガラガラと開け、さらに中の格子戸を開けた。

「——明り、点《つ》くかしら」

スイッチをひねると、電球がついて、中を照らした。

「三階建になっていて、色んな物が置いてありますす」

と、文乃は言って、「——ずいぶん冷えますね」

「藍さん……」

「大丈夫、悪意はないわ」

「まあ……」

文乃は、白い霧のようなものが辺りを包み始めるのを見た。「これは……」

「霊だわ。藍さんが呼んだのね」

「私だけの力じゃないわ」

と、藍は言った。

フッと霧が消えると――上の階に上るはしご段を、誰かが下りて来た。

「藍さん――」

「しっ。向うからは見えないわ。これは過去の記憶」

下りて来たのは、詰襟《つめえり》の学生服の若者だった。――辺りを見回すと、

「大丈夫。誰もいないよ」

と、上の方へ声をかけた。

すると――はしご段を、若い娘が下りて来たのだ。

寒い季節か、丹前《たんぜん》を着込んでいる。

「本当に大丈夫？」

と、不安げに言って、「二人の時間がたつのは早いわね」

「おっと！　大丈夫？」

よろけた娘を支えると、学生は娘と唇《くちびる》を重ねた。

「ああ……。辰弥《たつや》さん！」

娘は男に抱きついて、「私、一日もあなたなしではいられない！」

「しっかりして！　もしお家の方に見付かったら、大変なことになる」

「誰にも私たちの恋の邪魔はさせないわ」

「しかし、僕はただの書生だよ」

「私の旦那様だわ、そうでしょ？」

「ああ……。この土蔵の中ではね」

「抱いて！　もっと強く！」

娘の声は熱く燃え立つようだった。

「もう戻らないと。——とよさん」

と、男は言った。

「まあ……」

と、文乃が息を呑んだ。

「これは、あなたですね」

と、藍は振り返った。

土蔵の入口に、とよ子が立っていた。

「また会えるなんて……」

と、とよ子は、抱き合う二人の幻に涙を流していた。「辰弥さん！」

二人の幻は、薄れつつあった。

「こんなにきれいに見えるなんて」

と、藍は言った。「お二人の情熱が、いかに激しかったか、ですね」

「愛し合っていました」

と、とよ子は肯いて、「この一番上の階で私と辰弥さんは愛し合いました……」

幻がフッと消えた。

とよ子は息をついて、

「ありがとう、町田さん。夢のようです」

「私一人の力ではありません。私とあなた、二人がいて、初めて呼び出せたんです」

「嬉しいわ……。いつも、誰かいると感じていました。でも……」

とよ子は胸に手を当てて、目を閉じた。

「とよ子さん。——話して下さい」

「ええ……」

とよ子は、はしご段に手をかけて、「私は一人娘。辰弥さんは使い走りの書生。父が許すはずのない恋でした」

「知られていたんですね」

「はい。——あの日、私は約束の時間に待ち切れず、ここへ来ていました。すると、突然戸を外から閉められ錠をかけられたんです」

「お父様が？」

「そうです。——父は、辰弥さんを縛り上げて、窓から私に見せました。私は泣いて許してくれと哀願しましたが……。辰弥さんと一緒に殺してくれと言いました」

「それで？」

「家に、若い女中がいました。――父はその子と辰弥さんを一緒に縛り上げ、その中庭の井戸へ……」

「まあ」

「溺れ死んだ二人を引き上げ、近くの川へ放り込んだのです。心中した、ということにして」

とよ子の声は震えた。

「ひどいことを……」

と、文乃は言った。「お母さんは無事だったの？」

「丸一日、この中へ閉じ込められていた私は、次の日、やっと出されたわ。でも、出て行った私を見て、父は息を呑んだ。みんな言葉もなく、私を見つめてた……」

「どうして？」

とよ子は微笑《ほほえ》んで、

「その一日で、私の髪は今のように真白になっていたの」

と言った。「父もさすがに、私にそれ以上何も言いませんでした」

「二十代の娘の髪が真白に……」

と、藍は言った。「それが『心中』の原因だったんですね」

「きっと、辰弥さんの恨み、悔しさが、私を介して伝わったんでしょうね」

「それが私にも？」

と、文乃は言った。

「そうでしょうね」

と、藍は言った。「とよ子さん。文乃さんは、その辰弥さんの子ですね」

文乃が愕然《がくぜん》とした。

「――お母さん！　本当に？」

「文乃、辰弥さんが殺されたとき、私はあなたを身ごもっていたの」

「じゃ、お父さんは……」

「あの人は、父の命令で私と一緒になったの。可哀《かわい》そうな人だった……」

藍は、土蔵の中を見渡して、

「文乃さん。もう、あなたと心中したいって人は現われないと思いますよ」

と言った。「何の気配もなくなりました」

「君は、一体わが社の社員として、どう考えてるんだ？」

と、社長の筒見が渋い顔で言った。

「は？」

藍は面食らって、「いきなりそう言われても……」

「恋人同士の幽霊を見たというじゃないか！　どうしてツアーを組んで行かんのだ」

「社長……。これは下手《へた》すれば心中したくなる体験だったんですよ」

と、藍は言った。「お客さん同士が心中されたら困るでしょ」

「ふむ……」

筒見はちょっと考えて、「しかし、その心中した客が、また化けて出るかもしれんぞ」

「お客を幽霊にして稼ぐんですか？」

藍は呆《あき》れて、「それならいっそ、社長が心中して下さい。出かけます！」

と、〈すずめバス〉の本日のツアーへと駆け出して行った……。

恋する絵画

1　展覧会

「やっぱり違うわね、本場物は！」

という声が耳に入って、辻井芳子《つじいよしこ》はつい振り返っていた。

「あら、辻井さんじゃない」

と、その女性が言った。「あなたも来てたの！」

「どうも……」

カルチャースクールの〈絵画教室〉で一緒の主婦である。

「いい物を見ないと、絵は描けない！　先生のおっしゃる通りよね」

「ええ……」

辻井芳子は曖昧《あいまい》な笑みを浮べた。

「この色彩、光と影の使い方！　惚《ほ》れ惚《ぼ》れするわね」

「はあ……」

――美術館は平日だというのに、ずいぶん混雑していた。

芳子は、もっと空《す》いていると思ったので、ここであまり時間を取られるとは思っていなかった。

「辻井さん、この後予定は？　良かったらお茶でも飲みましょうよ。向うにも、まだ三、四人、お仲間がいるわよ」

「あ、でも……」

「この美術館の中の喫茶はね、チーズケーキがおいしいの」

しょっ中来るとみえて、さすがに詳しい。

「はい……」

つい、肯《うなず》いてしまう芳子だった。

――美術館の中央、吹き抜けになったホールに、喫茶があり、結局同じ絵画教室のメンバー六人が丸テーブルを囲むことになった。

「辻井さん、この間の絵は完成したの？」

さっき声をかけて来た、安西《あんざい》真紀《まき》が訊《き》いた。

「あ……。あの……もう少しです」

と、芳子は紅茶を飲みながら言った。「なかなか進まなくて」

「急ぐことないのよ。自分のペースでね。でも、一つ完成させないと、次に取りかかれないものね」

「ええ」

「そうそう、来月、熱海《あたみ》の方で印象派展があるでしょ。私、あれ、行こうかと思ってるの！」

安西真紀はもう芳子でなく、他のメンバーの方へ話しかけていた。

「でも、日帰りじゃきついわよね」

「だから、熱海に一泊して。どう？　温泉に浸《つか》ってのんびりするのも悪くないわよ」

「それいいわね！」

「日程は？　今、突き合せてみない？」

みんな、一斉に手帳を取り出す。いや、安西真紀はケータイにスケジュールが入っているのだ。

「――辻井さんは？」

と訊かれ、芳子はあわてて、

「私は――義母《はは》の世話があって、泊りがけはちょっと……」

「大変ねえ。ま、無理することないわよ」

「すみません……」

この日はどう？　そこは他の旅行と重なってる。――じゃ、ここは？

何しろ、遊び歩くことにかけては、忙しい人ばかりで、なかなか全員の都合の合う日がない。

他の五人の「打合せ」の光景を眺めながら、芳子は自分一人が何だか百メートルも離れた席に座っているような気がしていた。

――子供のころから、絵を描くのは好きだった。

結婚して、二十九歳で母親になり、十七年。今、四十六歳の芳子は、一人娘の敦子《あつこ》が高校二年生になって、急に自分の手の中に、「暇な時間」が落ちて来たことに気付いたのである。

何かしようかしら。

妻のその言葉に、夫は「何かすれば？」と答えた。

でも――何をすればいいの？

およそ趣味というもののなかった芳子は、ふと思い出したのである。子供のころ、絵を描くのが好きだったことを。

それでヒョイと入ってしまった、カルチャースクールの絵画教室。

しかし、そこは芳子の考えていた「お絵かき」のような、のどかな世界ではなかった……。

「――じゃ、これで決り！」

やっと、都合の合う日があったらしい。

「印象派はいいわね、やっぱり」

「本当。生きる歓びがあるわよ、画面に」

——正直、芳子はこうして展覧会に来ても、さっぱり分らないのだ。いい絵だわ、と思うことはある。

でも、「どこがどういいのか」、安西真紀みたいに言葉にはできない。

そして、みんな、本格的な油絵を描くのだ。

芳子も、言われて道具一式買い込んだが、さっぱり使っていない。

「あ、ごめんなさい」

珍しく、芳子のケータイが鳴り出した。

娘の敦子からだ。席を立って、

「——もしもし」

「お母さん、今日順子《じゅんこ》の所に泊るね」

「え？　でも——」

「明日、土曜日で授業ほとんどないから」

「あ、そう……」

「じゃあね」

自分の用件が済むと、さっさと切ってしまう。

席へ戻ろうとして、芳子はふと思い付いた。

「――すみません」

と、テーブルの所へ戻り、「急に義母から電話で、すぐ帰らなきゃいけないので」

「あら、大変ね」

とは言うものの、誰も引き止めはしない。

「じゃ、私の分を……」

と、お金を置いて、「お先に失礼します」

出口に向って歩き出すと、ホッと息をついた。

「ああ、くたびれた……」

お先に、と挨拶《あいさつ》したときには、もう他の面々は芳子の存在を忘れて、「クリスマスの予定」について話し込んでいた。

無視されるのは、ある意味で気が楽だ。いくら話に加わったところで、芳子の家には、そう気軽に旅行へ出かけるだけの余裕がない。

「あら……」

順路を間違ってしまったのだろうか？

ともかく、どの部屋にも人が溢《あふ》れんばかりだったのに、気が付くと芳子はポツンと一人、ガランとした小部屋の中に立っていたのである。

部屋といっても、もちろんドアがあるわけでなく、仕切られた展示室というだけだが、どうやら、今開催している〈特別展〉は少し手前で終り、後は常設展示なので、見に来た人たちのほとんどは関心がないらしいのだ。

でも、少なくとも静かで、誰にも邪魔されることなく絵が見られるというだけで、芳子はホッとしていた。

確かに、ここに掛かっているのが〈印象派〉でないことぐらいは、芳子にも分った。

——方々でよく見かける肖像画だったのである。

それは、どこかの貴族の一家らしかった。軍服を着て、お腹《なか》がみごとに突き出た初老の男と、長いドレスのその夫人。その二人が大きな一枚の絵におさまっていて、他に若い娘が二枚、それから二十代の後半くらいかと思える男の絵が一枚。

娘二人と息子一人。きっとそうなのだろう。

芳子は画家の名前を見たが、全く聞いたことのない名だった。絵のタイトルも、〈ある貴族の一家〉。

「名なしの権兵衛《ごんべえ》さんなのね」

と、芳子は思わず呟《つぶや》いて笑った。

でも、「大して偉い人たちじゃないのだ」と分ると、急に、その絵の一家に親しみを覚えた。

解説によると、フランス革命で殺された貴族らしい、ということだが、それも定かでないとのことだ。

「お気の毒に……」

と、芳子は呟いた。「誰からも忘れられてるのね」

——中央に掛けてある、若い男の肖像画に、芳子は何となく目をひかれた。

爽《さわ》やかな好青年という印象だ。

そして、口もとには、いかにも人の好《よ》さそうな笑みを浮べている。

じっとこっちを見返す青い目。——芳子はその目がまるで自分をじっと見つめているかのような、そんな奇妙な印象を受けた。

「——もう行かないと」

先に帰る、と言っておいて、こんな所にいるのを、安西真紀たちに見られたら大変だ。

芳子は足早にその小部屋を出て、〈出口〉という矢印を目指して急いだのだった……。

2　再会

「ただいま」

玄関を入って、芳子は声をかけてから、「敦子はいないんだっけ」

と、思い出して呟いた。

夫、辻井肇《はじめ》は、もっと帰りが遅い。

「ああ……」

伸びをして、芳子はまずカーテンを閉めて回った。

ごく平凡な建売住宅の二階建。——でも、三人家族には充分だ。

夫の母親は、ここから歩いて数分の所に一人で暮している。近いので、時々急にやって来たりすることもあるが、まだ元気で、よく出歩くので、芳子としては助かっている。

「まだ夕飯の仕度には早いわ」

夫の帰りに合せるなら、九時ごろに食べられれば充分だ。

寝室に入ると、芳子はスーツを脱いで、ホッと息をついた。

あまりお洒落《しやれ》しようという気がないので、よそ行きの格好はくたびれる。

「ああ、肩がこった……」

シュミーズ姿で洗面所に行くと、顔を洗った。——タオルでゆっくり顔を拭《ふ》きながら、寝室へ戻ると——。

「キャッ！」

飛び上るほどびっくりした。

誰かいる！　若い男が薄暗い部屋の中に……。

「——え？」

違う。これは……。

明りを点《つ》けて、芳子は呆気《あっけ》に取られた。

寝室の壁に、絵が掛かっていた。

たった今まで、こんな物、なかったのに……。

それは、ついさっき、美術館で見た、あの若い男の肖像画だったのである。

「でも……どうして？」

と、芳子は口に出して言っていた。

この絵を何となく気に入ったのは事実だが、だからといって、持って来たりはしていない。

「そうよね」

たとえ無意識にこの絵を持ち出そうとしたとしても、何しろ額を入れると、幅は一メートルくらい、高さは一メートル半くらいある。こんな物抱えて美術館から出られるわけがない。

「どういうこと？」

——そうだ。これはきっと夢なんだ！

私は今、夢を見てる。早く覚めろ！

芳子は柱に頭をぶつけた。思ったより強くぶつけたので、目から星が出た。

「痛い……」

頭を振って、恐る恐る壁の方を見ると、やはり絵は掛かっていた。

「――どうなってるの？」

芳子は頭を抱えて、しゃがみ込んでしまった……。


「お疲れさま」

と、若々しい声が飛んで来た。

「あら、真由美ちゃん」

町田藍はつい笑顔になって、「どうしたの、こんな所に？」

観光バス会社といっても、大手の〈はと〉と違って、「吹けば飛ぶよな」その名も〈すずめバス〉のガイド、町田藍は、今日の仕事を終えて帰って来たところである。

ここは〈すずめバス〉の本社兼営業所。

といっても、支社も他の営業所も存在しない。

女子高校生の遠藤真由美は、〈すずめバス〉の常連客。――といっても、町田藍がガイドする〈幽霊の出る名所ツアー〉のときだけという変り者。

「ああ、足がむくんで、だるい！」

藍は、古ぼけたソファに横向きに座って、ソファの上に両足を投げ出し、「ごめんなさいね、お客様の前で」

「構わないわよ、藍さんと私の仲じゃない」

「真由美ちゃん。さては、何かよからぬ相談じゃないの？」

「当り。さすがは藍さん！」

「そんなこと、霊感がなくたって分るわよ」

と、藍は言った。「どうしたの？　幽霊に取りつかれたとも見えないけど」

「私の友だちのことなの」

と、真由美は椅子を持って来て座る。「正しくは、友だちのお母さんのこと」

「どうしたの？」

「辻井敦子っていうのが友だちで、お母さんは辻井芳子っていうんだけど……。ね、藍さん、二週間くらい前に、美術館から肖像画が消えたっていう事件、憶えてる？」

「ああ、どうやって盗んだのか、まるで分らないって騒いでたわね。それと、あんまり値打のある絵じゃなかったとか」

「そうそう、その絵のこと」

「その絵がどうしたの？」

「その友だちの家にあるの」

藍はちょっと当惑して、

「つまり――お友だちのお母さんが盗んだの？」

「違うの。絵の方が勝手について来たんだって」

藍は起き上って、

「どういうこと？」

と訊いた。

「話すより、見てもらった方が早いでしょ。ね、これから一緒に行こう」

「でも……私、くたびれてるのよ」

とは言ったものの、「――分ったわ。それじゃ、着替えてくるから待ってて」

ため息と共に、藍はロッカールームへと向ったのである。


「夜分にお邪魔して」

と、藍は言った。

「いいえ。よくおいで下さいました」

辻井芳子は、ずいぶんくたびれている様子だった。

「藍さんには何を話しても大丈夫」

と、真由美が言った。「ちゃんと信じてくれるから」

「でも……私自身でさえ信じられないことを、信じて下さるんでしょうか」

辻井家の居間には女ばかり四人が集まっていた。辻井芳子と敦子の母娘、そして藍と遠藤真由美だ。

「主人は遅くならないと帰りません」

と、芳子は言った。

「――お話は、一応この真由美ちゃんから伺いましたが、奥様の口からもう一度伺わせていただけますか」

と、藍は訊いた。

「ええ、もちろん」

芳子は、美術展を見に行って、帰宅してから、寝室であの絵を見付け、仰天したことを話した。

「もちろん、本当なら絵のことを美術館に知らせるべきだと分っていました。でも、そうしたら、私はきっと絵を盗んだかどで捕まってしまうでしょう。絵の方が勝手にやって来たなんて、誰も信じてくれるわけがありません」

「分ります」

と、藍は肯いた。

「主人は帰って来て、もちろん絵に気付きましたが、私が『お友だちの模写なの』と言うと、信じてくれました。というか、気にもしていないんです。仕事のことしか頭にない人なので」

「私はＴＶのニュースで見たから」

と、敦子が言った。「でも、お母さんが盗むわけないし」

「ともかく困ってしまって……」

と、芳子はため息をついた。「この子には本当のことを話しました。――どこかへ届けるというわけにもいかず、結局二、三日して、絵を布で包み、どこかへ置いて来よう、ということになりました」

「私が持ってったの」

と、敦子が言った。「日曜日に、この先の公園に持ってって、木のかげに置いて来た。誰かが見付けてくれるだろうと思って」

「それで？」

「ところが……」

敦子が母親の方を見る。

「敦子が帰って来て、二人してホッとしたんですが……。寝室に入って、敦子が悲鳴を上げたんです。――絵が戻っていたからです」

「気味悪くて、触る気もしない」

と、敦子が顔をしかめる。

藍は肯いて、

「その絵を拝見できますか」

と言った。

——寝室の明りを点けると、その絵は壁に掛かっていた。

ごく当り前の肖像画だ。

藍は、その絵に近付いて、じっと見つめていたが……。

「——藍さん、どう?」

「うーん……。特別変ったところはないみたいね」

と、藍は首を振って、「奥様。あまり深くお考えにならないことです。突然やって来た絵ですから、いずれまた急に消えて失《な》くなるかもしれません」

「そうでしょうか……」

と、芳子は情ない顔で言った。

「藍さん、あの絵——」

辻井家を出て、真由美が話しかけると、

「しっ。後で」

と、藍は短く言った。

「え……」

二人が夜道を少し行くと、藍は足を止め、

「もう大丈夫でしょう」

「あの絵のこと――」

「あの絵には危険な何かが宿ってるわ」

「それじゃ――」

「でも、あの絵の前では、何も感じないふりをしたの。話せばあの絵に聞かれてしまう」

「絵に？」

「あの絵は生きてるわ」

と、藍は言った。「ともかく、今はそっとしておくしかない。あの絵の中の青年が、きっとあの奥さんに恋してしまったのね」

真由美は呆気に取られているばかりだった……。

3 危険

玄関のドアが開くと、白髪の老婦人が立っていた。

「あの……安西と申しますが」

と、安西真紀は言った。「辻井芳子さんはおいでですか？」

「お待ちしておりました」

と、老婦人は言った。「私、辻井さと子と申します。芳子の義母です」

「ああ、どうも」

「お入り下さい」

安西真紀は辻井家の居間へ入ると、

「——芳子さんはおいでては」

「出かけております」

と、さと子は言った。「申し訳ありません。あなたをお呼びしたのは私です」

「え？」

「芳子さんは私の言いつけた用で、区役所へ出かけました」

「あの……どういうことでしょうか」

「安西さんが、絵の教室のお仲間と聞いていましたので、芳子さんのケータイを盗み見しまして」

「では、私に何かご用で？」

「そうなんです」

と、さと子は肯いて、「美術館から肖像画が消えた事件、ご記憶でしょう」

「はい。ちょうどあの日、私もあの美術館に行っていましたから」

「では芳子さんもですね」

「そうです。芳子さんは先に一人で帰りましたが」

「そうですか」

「それが何か……」

「私、ここの鍵を持っていますので、先日、用があって、留守のとき入りました。そうしましたら……」

さと子は思わせぶりに言葉を切ってから、「問題の肖像画があったんです！」

「まあ……」

真紀は目を丸くして、「ここにですか？」

「どうやって持ち出したのか、芳子さんが盗んだんですよ」

「びっくりしましたわ！　では、まだここに？」

「ええ。――ご案内しますわ」

さと子が居間を出る。真紀はあわてててついて行った。

二階へ上ると、

「夫婦の寝室です」

さと子がドアを開ける。

「――まあ！」

真紀は、正《まさ》にあの肖像画が壁に掛かっているのを見て、声を上げた。

「いかが？」

「確かに……。でも、信じられませんわ。あのおとなしそうな芳子さんが」

「私は、あの嫁には、どこかうさんくさいところがあると思っていました」

と、さと子は絵の前に立って、「まさか泥棒をするとは思っていませんでしたけどね」

「どうなさるんですか？　警察へ届けるかどうか……」

「息子とも相談して決めようと思いますが、絵のことがお分りになる安西さんに、一度見ていただきたくて」

「それは私には……。どうかなさいました？」

真紀は、さと子が急に喉《のど》の辺りを手で押えて、目を大きく見開き、喘《あえ》ぐように口を開けるのを見て言った。

「苦しい……。息が……」

と、さと子は顔を真赤《まつか》にして、呻《うめ》くように言った。

そして、その場に崩れ落ちるように倒れてしまったのだ。

「まあ！　どうしました？」

駆け寄ろうとして、真紀は凍りつくように動けなくなった。

あの肖像画の中の青年が、はっきりと口もとを歪《ゆが》めてニヤリと笑った。そして、真紀の方を見たのである。

真紀は悲鳴を上げた……。


「お祖母《ばあ》さんが亡くなった？」

と、町田藍は訊き返した。

「そうなの」

と、セーラー服の遠藤真由美が肯いた。

藍は今日は休みだったので、家の近くのパーラーで、真由美と会っていた。

「藍さん、何かあれば知らせろって言ってくれてたから……」

と、クリームソーダをつつきながら真由美が言った。

「ええ、それでいいのよ。――で、お祖母さんはどうして亡くなったの？」

「敦子の話だと、お母さんが区役所に用事で出かけて、帰って来ると、寝室でお祖母さんが倒れてたって」

「寝室で、って……。あの部屋のこと？」

「ええ」

「亡くなった原因は？」

「心臓の発作だって。お医者さんはそう言ってたってよ」

「お祖母さんはあの家に住んでたわけじゃないでしょ？　どうして寝室に……」

「それは敦子も分んないみたいだった」

藍はコーヒーを飲みながら、考え込んでいた。真由美は続けて、

「今日、今からお通夜に行くの」

と言った。

「お通夜はどこで？」

「近くの斎場ですって。明日の告別式も」

「そう。——私も行くわ」

「そう言ってくれると思ってた！」

藍は苦笑して、

「ともかくこの格好じゃ……。黒のスーツに着替えてくるから、待ってて」

と、立ち上った。

「よく分らないんです」

と、辻井芳子は当惑顔で言った。「帰ってみると、義母の姿が無くて。サンダルは玄関にあったので、捜したんです。まさか寝室にいるとは……」

——通夜の席、芳子は人気《ひとけ》のない廊下で、藍と話していた。

「それで、すぐ一一九番へかけ、救急車を呼びました。でも、もう手遅れで……」

「亡くなった原因に不審なところは？」

「いえ、特に。もともと義母は心臓が悪かったので。——ただ、あのとき、義母は私をわざと区役所へ行かせたようでした」

「わざと？」

「ええ。大して急ぐわけでもない届けのために『行っといで』と言って……。そんな印象を受けたんです」

藍は黙って肯いた。

そこへ、娘の敦子がやって来た。

「お母さん、絵の教室の人がみえた」

「あら、じゃ行くわ」

芳子は急いで式場の方へ戻った。

「まあ、わざわざ」

「教室の仲間を代表して伺いました」

有原広子《ありはらひろこ》は、あの美術館にも来ていた、絵画教室の仲間である。

「恐れ入ります」

「ご焼香させていただきます。——あ、そうそう」

と、有原広子は、思い出したように、「安西さん、具合が良くないみたいなの」

「まあ、安西さんが？」

「ええ。一緒に歌舞伎を見に行くはずが、時間になっても来なくてね。電話してみたら、『忘れてた』って言うのよ。それで具合が良くないので、って。——珍しいでしょ、あの安西さんが」

「そうですね……」

「お宅に伺ったとき、様子、どうだった？」

芳子は、ちょっと戸惑って、

「——安西さんがうちへ？」

「ええ。行ったでしょ？」

「いいえ、みえていませんけど」

「あら、変ね」

と、有原広子はいぶかしげに、「この間、電話したとき、言ってたのよ。『これから、ちょっと辻井さんの所へ行くの』って」

「本当ですか。でも、私、全然覚えがありません」

「へえ……。妙だわね」

そばで聞いていた藍が、

「失礼ですが、それはいつのことですか?」

と訊いた。

「ええと……。三日……四日前ね」

と、広子が言った。

有原広子が焼香するのを見ながら、

「それって、義母が亡くなった日です」

と、芳子は言った。

「そうですか」

「でも、私、そんなこと知りません」

「もしかして——お義母様《かあ》が、呼ばれたんでは?」

「安西さんをですか?　でも、どうして?」

「さあ……」

藍はちょっと考え込んでいたが、「——その安西さんって方の家をご存知ですか」

「ええ……。一度伺ったことがあります」

「場所、教えて下さい。明日にでも、訪ねてみます」

「あの……何か……」

「分りませんが、気になるんです」

と、藍は言った。

「疲れたでしょう。早く寝なさい」

と、芳子は娘に言った。

「うん……」

敦子は半分眠っているような状態で、トロンとした目をしている。

「明日も朝早いわよ」

「起してね」

「ええ。——おやすみ」

「おやすみなさい……。あーあ」

大欠伸《おおあくび》して、敦子は自分の部屋へ入って行った。

――芳子は居間へ入ると、

「あなた、何か食べる？」

と、夫に訊いた。

「いや、腹は空いてない」

と、辻井肇は言った。「――それにしても、まだ実感がないな」

「突然だったものね」

「しかし、どうしてお袋が寝室で死んだんだろう？」

「さあ……。見当もつかないわ」

「うん……。ともかく、明日の告別式が終らんとな」

辻井は伸びをした。

ゆっくり風呂に入る時間もない。

芳子はザッとシャワーを浴びて、先にベッドへ入った。

薄明りの中に、あの肖像画が浮び上って見える。

薄暗いと、ますますあの絵の男が、現実にそこにいるように見える。

芳子は、それでも通夜で疲れていたのだろう、じきにウトウトし始めた。

そして、ふと胸もとを探る手に目を覚ました。

「あなた……。何なの？　こんなときに」

「いいじゃないか」

辻井が芳子のベッドに入って来ていた。

「だって……」

「お前も、大変だったろう。お袋も色々口やかましかったしな」

「あなた……」

辻井が芳子に覆いかぶさって来る。

芳子はされるに任せていたが——。

ふと、芳子の目があの絵に向いた。

絵の中の男と、目が合った。

そして、男の目ははっきりと、夫と芳子との夫婦の光景を見て、嫉妬《しっと》していた……。

4　執念

「家内に何のご用ですか？」

安西真紀の夫の口調には、明らかに藍への警戒心があった。

「ちょっと伺いたいことがありまして」

と、藍は言った。「お目にかかれないでしょうか」

「具合が悪くて寝込んでるんです」

と、夫ははねつけるように言った。「お帰り下さい」

「そうですか……。失礼しました」

と、藍は頭を下げて、「奥様に、辻井さんのことで、お話ししたいという者が来たとお伝え下さい」

と、付け加えた。

玄関を出ようとすると、

「待って」

と、奥から声がした。

「お前……」

「あなた。――上っていただいて」

「しかし……」

「いいの。私もお話ししたい」

奥から、ガウンを着た女性が出て来た。

「奥様ですか。町田藍と申します」

「どうぞ、お上りになって」

居間へ通された藍は、初めて安西真紀を明るい光の中で見た。

やや顔は青白いが、スッキリした顔立ちである。

「——実は、辻井さんのご主人のお母様が亡くなられて」

「知っています」

「それで、お通夜に伺ったのですが——」

藍は、焼香に来た有原広子から聞いたことを説明し、「——あの日、辻井さんのお宅へ行かれましたか？」

安西真紀は、少しの間黙ったまま、何も答えなかった。それからふと立ち上り、

「お茶をいれますね」

「どうぞお構いなく……」

「この写真を」

と、棚の上に立ててあった写真を渡して台所へ行った。

——中年の女性たちが四人で写っている。どこかの旅行先だろう。

「いかが？」

と、真紀はお茶をいれて来ると、自分も飲んで言った。

「右端が奥様ですね。——少し前の写真ですか？」

「いいえ、つい半年前です」

「そうですか」

今の真紀が、いやに老けて見えたのである。

「この髪、染めてるんです」

と、真紀は髪を少しかき上げて、「ほら、この辺、白くなってるでしょ」

「急に白くなられたんですか」

「ええ。——辻井さんのお家で」

と、真紀は言った。「帰って来て鏡を見たら、髪の半分くらいが真白《まつしろ》になっていました。私、ほとんど白髪《しらが》なんかなかったのに……」

藍は驚いた。

「何かあったんですか。よほどのことですね」

「ええ……。あなたはどういう方？」

「バスガイドをしています」

「ああ。——いつか週刊誌で見たわ。幽霊と話ができるという……」

「いつも、というわけではありません。あの肖像画ですね」

「ご存知？」

「見ました。——恐ろしい絵です」

「ええ。分って下さって嬉《うれ》しいわ。きっと、話しても誰も信じてくれないと思っていました」

真紀は、辻井芳子の義母に呼ばれて行き、あの寝室で肖像画を見せられたときのことを話した……。

「――では、辻井さと子さんが亡くなったのは、あの絵のせいだと」

「そうとしか思えません。あの絵の若い男が、私を見て、ニヤリと笑ったんです！　私、転《ころが》るようにしてあの家を出て、帰って来ました……」

真紀は身震いして、「怖かった！」

「分ります」

藍は肯いて、「しかし、あの絵を持ち出しても戻って来てしまうとか……。そもそもあの絵が辻井さんについて行ったのですから」

「こんなことが……あるんですね」

「でも、まさか人に危害を加えられるとは……。今日、告別式ですね。もしかして……」

と、藍は言って、「私、失礼します」

と、立ち上った。

「町田さん――」

「万一のことがあるといけません。辻井さんのお宅へ行ってみます」

「お願いします」

と、真紀は藍の手を握って、「あの絵を、どうにかして下さい！」

「できるかどうか分りませんが……」

藍は、ともかく急いで安西家を後にした。


辻井家の前にタクシーが待っていた。

藍が玄関先へ来かかると、中からドアが開いて、芳子と敦子が黒のスーツと制服で現われた。

「あ、藍さん」

と、敦子が言った。「真由美が、告別式にも来るってメールをして来ました」

「ご主人は？」

と、藍は訊いた。

「それが……」

と、芳子は困ったように、「ちょっと具合が悪いから、後から行くと言って」

「寝込んでらっしゃるんですか？」

「よく分らないんです」

と、芳子は首を振った。

「安西さんに会って来ました」

と、藍は言った。「やはり、あの日、安西さんはここへみえたそうです」

「え?」

「たぶん、さと子さんはあの絵に気付いていて、安西さんに見てもらったんだと思います」

「でも、安西さんは——」

「安西さんの目の前で、さと子さんは倒れたそうです。そして絵の中の男が笑ったと……」

「じゃ……あの絵が義母を殺したと?」

「その可能性があります。ご主人を連れ出さなくては」

「分りました。敦子、ここにいなさい」

「私も行く!」

と、敦子も二人について来た。

階段を上りながら、芳子は言った。

「ゆうべ——主人が私のベッドへ入って来たんです。そのとき、あの絵と目が合ったようでした。まるで嫉妬しているように感じました」

「ご主人が心配です」

寝室のドアを開けようとして、芳子は、

「開かないわ。――あなた！　あなた！」

と、ドアを叩《たた》いて呼んだ。

ドア越しに、低い呻き声のようなものが聞こえていた。

「私が」

藍は、芳子と代って、ドアノブをつかんでハッとした。凍るように冷たい。

芳子には感じられなかっただろう。物理的な冷たさではない。

藍はもう一方の手をドアに当てた。――やはり、冷え切っている。まるで素手でドライアイスに触っているかのようだ。

藍は精一杯の力をこめて、ドアノブを回した。――少しずつ、冷たさが遠ざかって行く。

ドアが開いた。

白い霧のようなものが立ちこめていた。

「これは？」

と、芳子が敦子を抱いて後ずさる。

「退《さ》がっていて下さい。――大丈夫。薄れています」

寝室の中の霧が消えて行くと、辻井がベッドでぐったりと倒れているのが目に入った。

「あなた！」

芳子が駆け寄ると、辻井は大きく息をついて、目を開け、起き上った。

「——お前か」

「どうしたの？　大丈夫？」

「ああ……。何ともない。何だか悪い夢を見たようだ」

と、辻井は頭を振った。「お前——告別式に行ったと思ってたぞ」

「あなたが心配で……」

「そうか。すまなかった」

辻井は芳子の肩を叩いて、「俺もすぐ仕度する。一緒に出よう」

「ええ。——敦子、タクシーに、少し待ってくれって言って来て」

「うん」

敦子が階段を駆け下りて行った。

藍は、壁の肖像画へと歩み寄った。

今、それはごく平凡な絵で、藍は特に何も感じなかった……。

「——仕度して下さい。廊下にいます」

と、藍は言って、夫婦の寝室から出て行った。

「ありがとうございました」

と、芳子が頭を下げる。

「いえ、別に私は……」

と、藍は言った。

「藍さん、帰る？」

告別式に来ていた真由美が訊いた。

「ええ。——これから先は、ご親族の方だけで」

斎場の中の火葬場へ棺《ひつぎ》は運ばれていた。

「じゃ、真由美」

と、敦子が言った。「私は待ってるから」

「色々とどうも」

と、辻井が藍に言った。「ご心配をかけてしまいましたね」

「いいえ」

と、藍は微笑《ほほえ》んで、「芳子さん。もう大丈夫ですよ」

「そうでしょうか……。あの絵をどうしたら……」

と、芳子は不安そうだ。

「ただの肖像画だ。掛けとけばいいじゃないか」

と、辻井が言った。

「もう絵はありません」

と、藍が言った。

「――どういうことです？」

と、辻井がけげんな顔で訊いた。

「私、絵を持ち出して来ました」

と、藍は言って、「今、あの絵は灰になってますわ」

「灰に？」

と、芳子が目を丸くした。

「ええ。私、葬儀社の方にお願いして、お義母様の棺の中に、あの絵を入れていただいたんです」

「まあ……」

「炎が、あの絵の呪《のろ》いを浄《きよ》めてくれるでしょう」

「じゃ、今あの絵は……燃えてるんですね」

と、芳子がホッとしたように言った。

すると、突然辻井が、

「何てことをするんだ！」

と、大声で怒鳴ると、「止めろ！　火を止めろ！」

と、駆け出した。

「あなた――」

「焼くな！　絵を焼くな！」

控室を飛び出した辻井が、階段を駆け下りようとして、足がもつれた。

「あなた！」

辻井の体は階段を一気に転り落ちて行った。

追いかけて階段を下りようとする芳子を、

「いけません！」

と、藍が止めた。

「でも――」

転り落ちた辻井は、冷たい床の上にぐったりと横たわっていた。そして――辻井の体から黒い霧のようなものが立ち上って行った。

「あれは……」

「あの絵の男が、ご主人の体を乗っ取っていたんです」

と、藍は言った。「ここから絵には戻れません」

「それじゃ……」

黒い霧は、身悶《みもだ》えるように宙を舞うと、やがて散って行った。

「——絵を棺に入れたなんて、嘘《うそ》」

と、藍は言った。「あんな大きな物、こっそり持って来れるわけないでしょ」

辻井が、ゆっくり起き上ると、

「ここは……どこだ？」

と、目をパチクリさせて周りを見回した。

「あなた！」

芳子が駆け下りて行った。

「俺は……どうしたんだ？」

辻井はキョトンとして、「家で寝てると思ってた……」

「そう。目を覚ましたのよ！　良かったわ」

芳子は夫に抱きついた。

「いてて……。おい！　体中が痛いんだ！　乱暴にするな」

見下ろしていた藍は、

「乗っ取られてても、やっぱり体の痛みは残るのね」

と言った。

「藍さん……。じゃ、あの絵は？」

「美術館へ戻せばいいわ。もう大丈夫」

「そうか……。あの絵に何の因縁があったんだろうね」

「そうね。きっと年上の女性に振られて恨んでたのよ」

と、藍は言った。「帰りましょう」

藍と真由美は、斎場を後にした。

「いてっ！　そっとだ……。おい！　笑うな！　何がおかしい！」

辻井の怒鳴る声が、しばらく聞こえていた……。

夜への長いトンネル

1　眠れない男

「言い伝えによりますと……」

町田藍は、マイクを片手に、ガイドを続けていた。

それが仕事だ。

町田藍、二十八歳。観光バス会社、〈すずめバス〉のバスガイドである。

大手の〈はと〉とは大違いで、正に弱小バス会社。

こき使われるせいもあるが、今日もガイドしながら疲れている藍だった。

バスが赤信号で停《とま》ると、ドライバーの君原が、

「おい、もうガイドしなくてもいいんじゃないか」

と言った。

「え？　でも……」

「だって、誰も聞いてないだろ」

――バスはガラガラで、客は大型バスに七人。そして、みんな大口を開けて眠ってい

た……。

「無理もないわよね」

と、藍はため息をついて、「こんな退屈なコース、居眠りするに決ってる」

「ま、いいさ。ちゃんと料金は払ってくれてるんだ」

「そうだけど……」

「やっぱり、ここは一つ、君のお友だちに出てもらうしかないだろ」

「お友だち？」

「幽霊のさ」

「やめてよ」

と、藍は君原をにらんだ。

町田藍は、人並外れて霊感が強いという特技（？）がある。

それを活《い》かして、〈幽霊と会う〉ツアーを企画、これにはその手のことが好きなマニアが大勢参加する。

しかし、いくら藍でも、いつどこに幽霊が出るかまでは分らない。企画したって、全く空振りということも珍しくない。

それでも〈すずめバス〉の社長、筒見は、ちょっと経営が苦しくなると（つまり、いつも、ということであるが）、藍に、

「おい、どこかにいい幽霊はいないのか！」

と言い出す。

藍は、

「タレント捜しじゃないんですから」

と、言い返すのだが、同僚を失業の危機に追い込むわけにもいかず、しばしばその手のツアーを企画するのだ。

それに、やはり霊感の強い藍の下に、幽霊が寄って来るということも……。

「予定より二十分早く終るぜ」

と、君原が言った。

「解散は早い方が。お年寄は喜んで下さるわ」

と言ったが……。

「――どうかしたのか？」

と、君原が訊《き》いた。

「いえ……。お客、確か七人だったな、と思って」

「そう言ってただろ」

「でも、今居眠りしてるお客を数えると、六人しかいないの」

「本当か？」

君原はバスを道の端へ寄せて停めると、「――どこかへ一人、置いて来たかな」

「まさか。ちゃんと数えてるわ」

藍は、バスの中央の通路を歩いて行った。

右に四人、左に二人。――みんな心地よさげに眠っている。

奥まで行った藍は、

「キャッ！」

と、思わず声を上げた。

「どうした？」

と、君原がやって来る。

「いえ……。ここにもう一人……」

一番後ろの席に、男が一人乗っていた。

しかし、横に長い席に、仰向《あおむ》けに寝ていたのである。

「何だ。本格的に寝てたんじゃないか」

「びっくりしたわ。でも――良かった、七人ちゃんといて」

と、藍は胸をなで下ろした。

「いつからこうやって寝てるんだ？」

「さあ……」

と、藍が首をかしげたときだった。

男はパッチリと目を開け、

「眠っていません」

と言ったのである。

藍はまた飛び上るほどびっくりした……。


「――今、何ておっしゃったんですか？」

と、藍は訊き返した。

「一か月です」

「一か月……眠ってない、と？」

「全く、というわけではありません。ですが、眠っても、せいぜい一日に一時間」

「それでよく体が……」

と言いかけて、「かなり、お辛《つら》そうですけど」

「そうでしょう」

バスの中は、やや照明を落としてある。

それでも、男の充血した目と、げっそりとそげた頰《ほお》、そして目の下の濃いくまははっきり見てとれた。

――解散して、他の客はもういなかった。しかし、その男は、たまたま〈すずめバス〉の本社（支社などない）の近くに住んでいるというので、そのままバスに乗って行くことになったのである。

「片野《かたの》と申します」

と、男は名刺を出した。

〈片野芳秋《よしあき》〉とあった。〈Sソフトメディア・開発部長〉とある。

「何かコンピューター関係の会社ですか？」

と、藍は訊いた。

「ええ。ゲームソフトを作っています」

「それは大変でしょうね」

と、藍は肯《うなず》いて、「知人にもいますけど、徹夜なんて当り前で、一週間も家へ帰れないことも珍しくないって、こぼしてました」

「正に、私のもそういう仕事です」

と、片野は言った。

「でも一か月も……。お忙しくて、というより、不眠症なんでしょう？」

「ええ。しかし、病院へ行って薬をもらって来ても、何の役にも立ちません」

と、片野は寂しげに微笑《ほほえ》んだ。

「薬が効かない、ということですか」

「ええ」

と、片野は肯いて、「仕方ないんです。医者にもどうにもならない」

「なぜですか」

「不眠の原因が、普通じゃないからですよ」

「とおっしゃると？」

「呪いなんです」

「──呪《のろ》い、とおっしゃいました？」

「ええ。私には呪いがかけられているんです。眠れないのはそのせいで」

藍は、何とも言えなかった。

片野はちょっと辛そうに頭を振って、

「眠い……。頭もボーッとして、倒れ込んで眠ってしまいたいくらいです。でも──たとえ眠っても、すぐ目が覚めてしまう」

深々とため息をつくと、「自業自得です。私は呪われても仕方ないんです……」

片野は窓から外を見て、

「ああ、そこで降ろしてもらえますか。すぐそこが自宅なので」

「君原さん、停めて」

と、藍は声をかけた。

バスが停ると、藍は先に降りた。

「大丈夫ですか？」

と、降りて来る片野に言った。

「ええ。その道を入った、すぐの所ですから……」

片野は、地面に足を下ろすと、フラッとよろけた。

「危い！　お送りしますよ。君原さん、ちょっと待ってて」

「いや、申し訳ない……」

片野は、藍に腕を取られて、ゆっくりと歩いて行った。

「——ここです」

二階建の住宅。なかなか立派な造りである。

藍がインタホンのボタンを押すと、すぐに玄関のドアが開いた。

「あなた……」

「奥様ですね。私、バスガイドです。ご主人がお疲れのようなので——」

「すみません！　あなた、大丈夫？」

「ああ……。この方によくお礼を……」

と言いながら、片野は玄関を入ると、そのまま上り口に倒れ込んでしまった。

「——眠ってらっしゃるんですね」

と、藍は言った。

二階から、中学生くらいの女の子が下りて来た。

「お父さん？」

「ひとみ！　毛布を持って来て」

「分った」

と、少女は二階へ駆け上って行く。

「あの——」

と、藍が言いかけると、

「このまま、眠らせたいんです」

「分ります。伺いました」

「でも——きっと一時間もしないうちに目を覚ますんですわ」

と涙ぐんで、「——失礼しました」

「いえ……。奥様、よろしかったら、ご事情を伺わせていただけますか」

と、藍は言った。

少女が運んで来た毛布を夫にかけると、

「どうぞお上り下さい」

と、妻は言った。

2 呪い

「どうぞ」

と、藍にお茶を出して、「――私、峰子《みねこ》と申します。これは娘のひとみです」

「町田藍です」

藍は、君原に連絡して、先に社へ戻ってもらっていた。とはいえ制服である。自分ももちろん社へ戻らなくてはならないが。

「ひとみさんは中学生？」

「はい、中三です」

と、ひとみは、その名の通りはっきりした大きな目で藍を見ていたが、「――あ！」

と、声を上げて、

「もしかして、幽霊と仲のいいバスガイドさん？　週刊誌で読んだ」

「別に、仲よくないですけど……」

「まあ、この方が？」

と、峰子が言った。

「いえ、別に大したことでは……」

「凄《すご》い超能力、持ってるんだよ！　この人なら、お父さんの不眠症、治してくれるかもしれない」

「私は医者じゃないので……」

「でも、そういう方でしたら、私の話も信じていただけるかもしれません」

と、峰子は熱心に身をのり出した。

藍は、そう簡単に帰れそうにないわ、と思った……。

「どうなってるんだ！」

片野の怒鳴り声が、フロアに響き渡った。

しばらく、フロアは静まり返っていた。

沈黙を破ったのは、誰かのケータイが鳴る音だった。およそ緊張感のないメロディが、何とも間《ま》の抜けたものに聞こえた。

「——部長」

と、席を立って来たのは、竹田結衣《たけだゆい》だった。

「どうなさったんですか？」

「どうもこうもない。このプログラムは何だ？　昨日からちっとも進んでないじゃないか」

　正直、片野も大声を出したことを少々悔《くや》んでいた。

　このフロアは、〈Sソフトメディア〉の中でも最も忙しい。その部長である片野は、辛抱強く、めったなことでは怒鳴ったりしなかった。

　それだけに、部下たちにもショックだったのである。

「正井《まさい》さん、ゆうべはバグと格闘してて夜が明けてしまったんです」

と、竹田結衣は言った。

　結衣は部長の秘書でもあり、フロア全体の世話係でもあった。

「そうか。しかし、今、正井はどこにいるんだ?」

　片野としても、「もういい」と引込むわけにいかなくなっていた。

「帰宅しました」

と、結衣は言った。「正井さん、もう十日間も家へ帰ってなかったんです」

「帰った?」

　片野は、また腹が立って来て、「今がどういう時期か分ってるのか?　あと一週間で〈ゲームフェス〉だぞ」

「よく分ってます、正井さんも」

「十日間帰ってない?　そんな奴はいくらでもいるぞ。俺は一か月帰らなかったこともある」

「部長――」

「すぐ電話して、出勤させろ！」

と、片野は言って、パソコンの画面に目を戻した。

しかし――画面が二重に見えて、さっぱり分らない。

「部長」

と、結衣が少し小声になって、「お疲れでしょう。今日は帰られたら」

「帰れるか。――予定の半分も進んでない」

「でも、あんまりお疲れだと却《かえ》って……」

「ちょっと――コーヒーを飲んで来る」

片野はオフィスを出ると、自動販売機の前で小銭入れを取り出した。

「――部長」

結衣がついて来ていた。「コーヒー、私がちゃんといれますから」

片野は、自販機にもたれて、

「すまない……」

と、目を閉じた。「ゆうべ社長に散々叱《しか》られたんだ……。期日までに仕上らないと、今のスタッフを総入れかえする、と……」

「総入れかえですか？」

「もちろん、脅しだ。そんなことはできやしない。ただ……追い詰められてるのは事実だからな」

「いつも部長さんがお一人で辛い役目を引き受けてらっしゃることは、みんな分っています」

「俺は……もう年齢《とし》だ」

「そんな！　まだ四十二歳じゃありませんか」

「ゲーム業界じゃ老人さ」

センス、体力。いずれも、二十代のころのようにはいかない。

「――君はいくつだった？」

「私、二十八です」

「そうか……。遠い昔だな」

と、片野は息をついた。

「部長。――やっぱり帰って休まれた方が。明日からまた頑張れますよ。若い人たちは残ってますから」

「いや……。そうはいかん」

片野は頭を振って、「じゃ、コーヒーは席に持って来てくれ」

と、行きかけたが、

「正井はいつ帰ったんだ?」

と訊いた。

「三時間くらい前です。あの……」

「分ったよ。明日は来るだろ」

そう言って、片野は席へと戻って行った。


「正井修《おさむ》さんは三十八歳でした」

と、峰子は言った。「ゲーム開発チームのリーダーで、忙しさも特別でした」

「その方《かた》が……」

「正井さんがその夜、早く帰ったのは、次の日の朝から、お子さんの運動会だったからなんです」

と、峰子は言った。「お子さんは小学校へ入ったばかりで、正井さんはとても可愛《かわい》がってました。――いつも、ほとんど顔が見られないので、せめて運動会には行くとお子さんと約束していて……」

「分りますね」

「でも、主人はそのことを聞いていませんでした。その日遅く帰って来て、三時間ほど寝ると、明け方にまた出勤して行ったんですが……。お昼近くになっても正井さんが出て来ないので、苛々《いらいら》がつのり……」

「運動会だと？」

「はい」

と、結衣が言った。「昨日お話ししそびれて――」

「今、子供がかけっこしてるのをビデオに撮ってるっていうのか！　仲間が、こんなに苦労してるのに！」

「部長――」

「ケータイへかけろ！　すぐ出て来いと言え！」

片野の剣幕に、結衣が仕方なく正井のケータイへかけた。しかし、電源は切ってあった。

「夕方には出て来ますよ」

と、結衣は言ったが、

「小学生だったな」

「お子さんですか？　ええ」

「どこの小学校だ」

片野は、小学校へ電話をかけ、正井をアナウンスで呼び出してもらったのである。

――そこまでしなくても、と誰もが思っていたが、口に出せなかった。

正井は電話に出たが、

「運動会が終ったら、出勤します」

「正井、お前――」

「すみません。これから一年生のかけっこなんで、失礼します」

正井は切ってしまった。

片野が受話器を置く手は怒りで震えていた……。

そして、正井は夜の七時ごろにやって来た。

「すみません。休んだ分、頑張りますから」

と、片野の所へ来て言った。

「正井」

「はあ」

「ゲームが完成するのに、あと何日かかる?」

「さあ……。ともかく〈ゲームフェス〉には間に合せます」

「よし」

片野は言った。「これからゲームが完成するまで、眠るな」

「――部長」

「その分、お前はゆうべゆっくり寝たんだ。そして今日は遊んで来た。いいだろう。その代り、完成まで絶対眠るな」

正井はちょっと表情をこわばらせたが、

「分りました」

と、一礼して、自分のデスクへと歩いて行った……。

「ゲームが完成したのは、〈ゲームフェス〉の前日でした」

と、峰子は言った。「正井さんは、丸々五日間、本当に一睡もしないで、働いていたんです」

「五日間ですか？」

「ええ。三日くらいならともかく、四日目になると、目はくぼんで、顔色も悪くなり、周囲はずいぶん心配したようです」

と、峰子は言った。「そして五日目には……。ゲームは無事に完成しました。でも、正井さんは何だかもう……幽霊みたいな顔をしていたそうです」

「それで……」

「ちゃんと、起きてましたよ」

と、正井は言った。

「分った」

片野も、正井の顔を見ると、後悔した。「正井。——すまなかった」

「これで間に合いますね……」

「帰って、休め」

しかし、正井には全く聞こえていない様子だった。

「片野さん……。僕は……もう眠れません」

「何だって？」

「たぶん……眠ったら、もう二度と目を覚まさなくなりそうで」

「何を言ってるんだ」

と、片野は苦笑して、「ご苦労さん。早く帰って寝ろよ」

「僕は……眠れません」

と、正井はよろけながら、「片野さんも……ずっと起きてましょうよ。僕が眠るまで。四日でも、五日でも、十日でも……」

「正井、大丈夫か？」

「いや、こうしましょう」

と、正井はニヤリと笑った。「僕が目、を、覚、ま、す、ま、で、あなたは眠らない。——ねえ、それでこそ公平でしょ？」

正井は急に声を上げて笑った。

そして――その場に、崩れるように倒れてしまったのである。

「正井さん！」

結衣が駆け寄る。

「参ってたんだな」

と、片野は言った。「竹田君、正井を家まで送ってやれ」

しばらく、結衣は正井のそばにしゃがみ込んでいたが、

「――誰か！　救急車を呼んで！」

と、叫んだ。

「竹田君――」

「正井さん……息してないんです！」

結衣の声は、悲鳴のようだった。

「じゃ、その人は、亡くなったんですか」

と、藍は言った。

「ええ」

と、峰子が肯く。

「でも、お父さんのせいじゃないよ」

と、ひとみが言った。「お父さん、何も悪いことしたわけじゃ……」

すると、

「いや、俺のせいさ」

と、声がして、片野が立っていた。

「あなた……。もう起きたの?」

「うん。――何しろ、正井が目を覚ますまで、俺は眠れないんだ」

「でも、正井さんは亡くなったのよ」

「分ってる。だから、俺は一生――ずっと、眠れないで生きて行くんだ」

「お父さん、このバスガイドさん、幽霊と話ができるんだよ!」

と、ひとみが言った。「この人に、正井さんと会って、話してもらおうよ!」

藍は、ひとみの言葉に、やっぱり逃げてしまえば良かった、と後悔したのだった……。

3　やりきれない日

そのドアから、町田藍はふしぎな冷気を感じた。

何か「悪霊」のようなものがついているわけではなさそうだ。その冷気には、「邪悪なもの」が感じられない。むしろ、「哀《かな》しみ」がこもっている、という印象である。

ちょっとため息をついて、

「仕方ないわね……」

と呟《つぶや》くと、藍はチャイムを鳴らした。

しばらく返事はなかったが、人の気配はあったので、待っていた。

やがてドアが細く開くと、怯《おび》えたような片目が覗《のぞ》いた。

「どなたですか？」

と、細い声がした。

「突然伺って申し訳ありません。正井さんでいらっしゃいますね」

「はあ……」

藍が名刺を渡すと、相手はふしぎそうに、

「どういうご用で？」

「ご主人のことでお話が」

と、藍は言った。

「主人は亡くなりました」

「存じています。お線香を上げさせていただいてもよろしいでしょうか」

しばらくためらっていたが、

「どうぞ」

と、ドアが開いた。

黒いスーツの未亡人は、疲れ切った様子だった。

——藍が線香を上げ、手を合せてから、

「奥様でいらっしゃいますね」

「はあ。正井布江《きぬえ》と申します」

お茶を出してくれて、「——それで、どういうご用でしょうか」

「実は……」

藍が、片野をバスに乗せたことから始めて一通りの事情を説明すると、

「あの部長さんですね。あの人のことは、主人も『とてもいい人だ』と言っていました」

と、布江は言った。「でも、やはり主人を死なせたのは、片野さんです」

「確かに」

「それだけならまだしも、こんな冷たい仕打を受けるなんて……。あの会社の人間として、片野さんを赦《ゆる》すことはできません」

布江の口調が激しくなった。

「冷たい仕打、といいますと？」

「ご存じないんですか？　会社は主人の死を『仕事のせいではない』と言って、お葬式にも花一つ出しませんでした」

藍もその話は初耳だった。

「もしも」

と、布江は続けた。「片野さんが眠れないのが、本当に主人の呪いのせいなら、それを私に止めることはできません。主人の望みを叶《かな》えてやりたいですわ」

冷ややかな、その言い方を、藍には責めることができなかった。

「分りました」

藍は肯いて、「突然お邪魔して、すみませんでした」

「いいえ」

藍は玄関へ出て、

「こんなことを伺って、お気を悪くされると困るんですが」

と、振り向いて言った。

「何でしょう？」

「生活は大丈夫ですか？　保険とか、入ってらっしゃいました？」

「ご心配いただいて」

と、布江は穏やかに、「多少の貯えはありますから、とりあえずは」

「それならいいんですけど……」

藍が靴をはいていると、玄関のドアが開いて、

「ただいま」

と、ランドセルをしょった男の子が入って来た。

「お帰りなさい。——健一《けんいち》です。お客様に、『こんにちは』を言って」

「こんにちは」

色白な可愛い子だ。

「こんにちは。私は藍よ」

「へえ。変な名前」

「健一、失礼でしょ」

「いいえ」

と、藍は笑って、「では、失礼します」

布江の方に会釈《えしゃく》すると、

「それじゃ、さよなら」

と、健一と軽く握手した。

「バイバイ」

藍は廊下へ出てドアを閉めた。

——ごく普通のマンションである。

藍の顔に、不安げな表情が浮んだ。

そして何か考え込みながら、エレベーターの方へと歩き出した。

——布江は玄関のドアをロックすると、

「ちゃんとお手々を洗ってね」

と、健一へ声をかけた。

「はい」

そう言って、健一は欠伸《あくび》をした。

「あら、どうしたの?」

「うん……。眠い」

健一が目をこする。

「少しお昼寝する?」

「うん……」

「疲れたの?　運動した?」

布江は、健一の額に手を当てて、「熱はないわね」

「ゆうべ……眠れなかったの」

と、健一が言った。

「部長！」

竹田結衣が、廊下でやっと片野に追いついた。「どこへ行くんですか？」

「社長の所さ」

と、片野は言った。

「でも――どうしたんですか？　普通じゃないですよ、片野さん」

「当り前だろ。俺は呪われてるんだからな」

実際、目を真赤《まつか》にして、げっそりとやせた片野は、ミイラのようだった。

「社長に何のお話が？」

「君には関係ない」

と言うと、片野は大股に社長室へと向った。

「――社長！」

と、いきなりドアを開ける。

「おい、何だ」

と、社長の木俣《きまた》が渋い顔で、手にしていたケータイへ、「後でかけ直すよ。――ああ、すぐだ」

女への電話らしい。

「どうした？」

「社長。——正井君のことです」

「正井がどうかしたのか」

「正井君が死んだのは仕事のせいではないとおっしゃったんですか？」

「ああ」

と、木俣はあっさりと肯いて、「そう言った。それがどうかしたか？」

「そんな……。明らかにあれは労災です」

「おい、片野」

と、木俣は苦笑して、「お前、何年働いてるんだ？　それぐらいのことが分らんのか？」

「社長……」

「正井の死が会社の責任だと認めたりしたらどうなる？　これから誰かが倒れる度《たび》に、『会社のせいで入院した』、『会社のせいで転《ころ》んだ』と、騒がれる。いちいち面倒みてられるか」

片野は愕然《がくぜん》として立ちすくんでいた。

「社長……。それでは——」

「ちゃんと退職金は払う。まあ、本当なら仕事にマイナスになった分を差し引きたいが、俺も人情家だからな。そこまではできん」

と、木俣は平然と言った。「それで何か不服か？」

片野はしばらく黙っていた。

「――用がすんだら、行け。大事な電話をかけるんだ」

「社長」

と、片野は言った。「では――もし、私が仕事で倒れて死んでも……」

「本人の健康管理に問題があった。そう言うさ」

「分りました」

片野は一礼して、「お邪魔しました」

社長室のドアを閉めるとき、

「やあ、すまん。――うん、よく分ってるさ」

と、甘ったるい木俣の声が聞こえて来た。

「片野さん……」

廊下に、結衣が立っていた。「聞いてました、中の話」

「そうか……」

「知らなかったんですか？」

「君は知ってたのか」

「はい……。ひどいですよね。でも、みんな口をつぐんで……」

「俺は……正井に顔向けできない」

と、苦しげに呻《うめ》いた。「せめて、残された家族に充分なことをしてやらなくては」

「でも、どうやって？」

「――どうやって、か」

片野は首を振って、「俺は――何のために命を削って働いて来たんだ？」

結衣は黙って目を伏せた。

片野は行きかけて、

「正井も、俺に呪いをかけるのなら、眠れないなんてことじゃなくて、死んじまえ、と呪ってくれたら良かったのに……」

「そんなことをおっしゃっちゃいけませんわ！　ひとみちゃんはまだ十五歳ですよ」

「ああ。しかし、一応保険には入ってるからな」

と、片野は言って、「――そうだ。こうしちゃいられない」

「何か急なご用ですか？」

「生命保険の金額をふやしとかなくちゃ。いつ死ぬか分らないものな」

「片野さん――」

「会社は何もしてくれない。自分の身は自分で守らないと……」

片野はそう言うと、肩を落とした姿で、力なく歩いて行った……。

4　伝染

「部長、このプラン、見て下さい」

と、部下の一人が片野の机に書類を置いて言った。

「——うん？」

片野は目を上げて、「何だって？」

「あの……このプランを見ていただきたいんですけど」

「プラン？　何のプランだ？」

「ですからそこに——」

「ああ、これか……」

片野は目の前の書類を見て、「まあ、いいさ。お前がいいと思えば、それでいい」

「でも、部長の印がないと……」

「あ、そうか」

片野は引出しを開けて、ハンコを取り出すと、「ここでいいな」

「部長、せめて目を通して下さい」

「見ても見なくても同じだ。もう頭がボーッとして、理解できない。だから、これでいい」

「部長……。入院なさっては？　睡眠薬で眠らせてくれますよ」

「むだだ」

と、片野はうつろな目で言った。「医者も、正井の呪いには勝てん」

「部長……」

「俺の命もそう長くない。次のリーダーを考えとけよ」

そう言って、お茶を一口飲んだときだった。

「部長！」

と、竹田結衣があわてて駆けて来た。

「何だ。どうした？」

「あの――正井さんの奥さんが」

「奥さんがどうしたって？」

返事の前に、正井布江がオフィスへ入って来ると、

「片野さんね」

と、燃えるような目で片野をにらんで、「正井の家内です」

「どうも……。お通夜のときに、確か――」

と、片野が立ち上ると、布江はいきなり片野につかみかかった。

「あの子に何をしたの！」

「奥さん……。落ちついて！」

さすがに片野も一瞬目がさめた。「何のことです？」

「とぼけないで！　主人を死なせただけじゃ足らないの？　子供に何の罪があるって言うの！」

「いや……。何のことです？」

「奥さん！　落ちついて話して下さい」

と、結衣が割って入ると、布江も手を離して、息をつき、

「あの子はまだ七つなのよ。それなのに――」

「お子さんが、どうなさったんですか？」

と、結衣が訊いた。

「あの子が――眠れなくなったんです」

「え？」

「七つの子供ですよ！　それがもう一週間も眠ってないんです」

「まあ……」

「ぼんやりして、何も考えられないようで、学校にも行ってません。ろくに食べられないし、辛そうで、見ていられないんです」

と、布江は涙を拭《ぬぐ》った。

「確か……健一君、でしたね」

と、片野が言った。「いや、奥さん、私は誓って何もしていません」

「じゃ、一体どうしてなんですか?」

と、詰め寄る。

「いや、私にもさっぱり……」

と、片野も当惑している。

「子供さんは辛いでしょうね」

と、結衣が言った。

「代ってやれるものなら……。どうせなら、私に仕返しして下さい!」

「いや、私は本当に何も――」

と、片野が言いかけたとき、

「失礼します」

と、声がした。「町田藍です」

「あ、バスガイドさん」

と、布江が言った。「あなたは何かご存じなんですか？」

「知っているわけではありません」

と、スーツ姿の藍が言った。「でも、何か分るかもしれません。これから、片野さんもご一緒に、正井さんのお宅へ伺おうと思いますが」

「分りました」

片野は肯いて、「竹田君、上着を」

「はい、私もご一緒しますわ」

すると、そこへ、

「仕事中に何をしとる！」

と、社長の木俣がやって来た。

「社長さん。――正井の家内です」

「仕事の邪魔をしに来たのかね？　おい、みんな！　今は仕事時間中だぞ！　片野君、出かけるというのなら、早退届を出したまえ。私用での外出中は給料を払わん」

と、木俣が言った。

「社長さん」

と、布江が言った。「真直《まつす》ぐ立って下さい」

「何だね？」

布江が右手を握りしめると、木俣の顔面を一撃した。木俣は大の字になって、のびてしまった。

すると――見ていた社員たちが一斉に拍手したのである。

「おみごと！」

「ノックアウトですね！」

「ボクシングを少しやっていましたので」

と、布江は言った。

「ご心配なく。僕ら全員で、『社長は勝手に転んだんです』と証言しますから。なあ」

再び拍手が起って、藍と布江、そして片野と結衣はオフィスを出て行ったのである……。

健一はぐったりとして、ベッドに横になっていた。

藍は健一のそばへ寄ると、

「やあ」

と、微笑みかけた。

「お姉ちゃん、誰だっけ……」

「私はね、〈すずめバス〉のバスガイドよ」

「変な名前」

と、健一がちょっと笑った。

「本当ね。――じっとおとなしく寝てるのよ。笑う元気があるから大丈夫」

藍は居間へ戻った。

「――どうでしょうか」

と、布江は不安げに訊いた。

「私は医者ではないので。でも、まだ元気です。大丈夫ですよ」

「しかし、一体どういうことなんだろう？」

と、片野が首を振って、「眠れないのは、私一人で沢山《たくさん》だ」

「奥さん」

と、藍は言った。「この前、ここへ伺ったとき、私、とても妙なものを感じたんです」

「妙なもの？」

「この部屋にこもっている冷気です。もちろん、精神的なものですが」

「ここに？　では、主人の恨みとか……」

「いいえ、そういう人を害するようなものではないと思います。――たぶん、奥さんの哀しみです」

「それが何か……」

「この部屋の中で、特に強くそれを感じるのが」

と、藍は立ち上って、「この辺なんです」

サイドボードの上に、死んだ正井修や、夫婦の写真、家族三人の写真などが並んでいる。

「私たちの思い出です」

「分ります」

藍は一枚ずつ見て行ったが、「——奥さん、この写真は何ですか？」

布江が立って来ると、

「ああ、これですか」

どこかの山道らしい。トンネルが写っていて、そこには人がいない。

「記念に主人が撮ったんです」

「奥さん、写っていませんね」

「ええ。——このトンネルの中で、主人が私にプロポーズしたんです」

と、布江は言った。「私、真赤になっていたと思いますが、暗いので助かりました」

「その場で『イエス』と？」

「もちろんです」

藍はしばらくそのトンネルの写真を見ていたが、

「ここに何かあるような気がします」

と言った。「ここへ案内して下さい」

「それはもちろん……。山の中ですけど」

「行ける所まで、バスで行きましょう」

と、藍は言った。

5　トンネル

「ここで降りましょう」

と、藍が声をかける。

バスから、ツアーの常連客たちが降りて来た。

「藍さん」

と言ったのは、常連客の中でも一番若い、高校生の遠藤真由美。

「山道よ。足下《あしもと》に気を付けて」

「うん」

と、真由美は肯いて、「でも、今日は昼間から出るの？」

「夜じゃ山道歩けないでしょ」

「そりゃそうだけど」

「保証はしないわよ。――皆さん、こちらです」

と、藍が手を上げて言った。

一行は山道を歩き出す。――山道といっても、それほどきついわけではなかった。

「すみません」

と、藍は、一緒に歩いている布江に言った。

「仕事に使わせていただいて」

「いいえ。あの子が眠れるようになれば、それで私は……」

片野と結衣も一緒だった。

「ああ……。いいなあ、山の空気は」

片野の顔にも、疲れより柔和な色が浮んでいた。

「片野さん」

と、結衣が言った。「仕事のやり方を、考え直しましょうよ。時々はこんな所にも来られるように」

「全くだ。しかし、今の社長じゃ無理だろうな」

――山道を二十分ほど歩くと、

「あそこです」

と、布江が言った。

トンネルが見えた。

その入口までやって来ると、藍たちは足を止めた。

「向う側が見えないいんですね」

「ええ。中でカーブしていて。ですから本当に真暗《まつくら》です」

と、布江は言った。

「皆さんは、ここでお待ち下さい」

と、藍が言うと、

「ええ？」

「そりゃないよ」

と、文句の声が上る。

「分りました。では少し離れてついて来て下さい」

と、藍は言って、「布江さん、私たち二人が先に」

「はい」

暗いが、足下は石が敷かれていて、歩きにくいことはない。

空気はひんやりとして湿っていた。

「どの辺でした？　プロポーズは」

と、藍が訊いた。

「たぶん、この少し先あたり――」

と言いかけた布江を、藍は止めた。

「見ていて下さい」

トンネルの冷気とは全く違う、じわじわと足下から這《は》い上って来るような冷たい空気が感じられた。

「町田さん……」

「感じます?」

「ええ……。何だか妙な気分です」

「布江さん。あなたは、ご自分で分っておられないけど、霊に反応する体質なんです」

「私が?」

「お宅の冷たい哀しみの空気も、そのせいです。そして、あなたの血を、健一君も受けついでいるんです」

「それは……」

「片野さんを眠らせない『死者の呪い』なんて、ありません。片野さんを眠らせないでいるのは、生きている布江さんの思い《ヽ》なんです」

「私がやってることなんですか? じゃ、健一は――」

「健一君は、あなた以上に、霊感が強く働くんです。たぶん子供の間だけだと思いますけど」

「じゃ……私が健一に……」

「いえ、健一君は、あなたの思いを知らずに受け止めてしまっているんです。あなたが片野さんを赦してあげれば、健一君も眠れるようになります」

「そんな……」

そのとき、フッと白い人影が、二人の先に現われた。

「あなた！」

布江は息を呑《の》んだ。

「布江。――布江か」

その白い人影はぼんやりとしていたが、声ははっきり聞こえた。

「あなた……。ここにいたの？」

「いや、誰かに呼ばれたような気がして……」

「嬉《うれ》しいわ！」

「元気でいるのか？　健一も？」

「ええ……」

「良かった……」

藍の背後から、片野がタタッと駆けて来ると、

「正井君！　すまなかった！」

と、その場に正座して手をついた。「僕を好きにしてくれ。殺されても文句は言えない！」

「部長……ですか」

「うん」

「あなたを恨んでなんかいませんよ。あなたの下で、僕はいい仕事をして来ました」

「正井君……」

「布江。部長を恨んだりしないでくれ。あのときは仕方なかったんだ。誰のせいでもない」

「あなた……」

片野が突っ伏して泣き出した。

「もう忘れて、健一と元気に暮してくれ。それが僕の望みだ」

「ええ……。分ったわ」

布江は涙を拭おうともせず、「私も一緒に行きたい」

「何を言ってるんだ。健一を頼むぞ」

「はい……」

「良かった……。お前に会えて……」

「あなた……」

白い影はフラッと揺れて、消えてしまった。

「あなた！」

「奥さん」

と、藍は言った。「もうご主人は……」

「戻らないんですね」

布江は涙を拭《ふ》くと、「——ありがとう、町田さん」

「いいえ。私と奥さん、二人の力なんですよ」

布江は、泣いている片野のそばへ行くと、

「立って下さいな。あなたは主人のような死に方をしないで下さいね」

と言った。

ツアー客から拍手が起った。

そして——帰りのバスの中で、片野は結衣にもたれてぐっすりと眠ったのだった……。

失われた男

1　見知らぬ朝

小説などではよくある話だが、現実にこんなことがあるのか。

目を覚まして、まず思ったのは、そういうことだった。

酔い潰《つぶ》れて、目が覚めると全く知らない部屋で、ベッドには見たこともない女が裸で寝ている……。

野見山哲哉《のみやまてつや》も、この朝目を覚ますと、まるで憶えのない部屋で寝ていた。ただ、ベッドの中に見知らぬ裸の女はいなくて、野見山は一人で寝ていたのである。

しかし、ベッドには誰かが寝ていた様子は残っていて、それが女だったことも、香水の匂いや、枕に残った長い髪の毛で確かだった。

「どこだ、ここは……」

起き上った野見山は、ブルブルッと頭を振った。――ともかく、そこが自宅の寝室でもなければ、いつも遅くなったときに泊るホテルのスイートルームでもないことは確かだった。

ひどく狭苦しい部屋で、洋服ダンスはベッドぎりぎりの所に置かれていて、地震でも来たらベッドの上に倒れて来そうだ。

ともかく仕方ない。――今はここから出ることだ。

脱ぎちらかしてあった服を着て、ネクタイをしめると、少しシャンとした気分になる。時計へ目をやると、野見山は寝室を出て行った。

――台所から、トントンと包丁を使う音がして、野見山はそっと覗《のぞ》いてみた。

エプロンをした女が、せっせとキャベツを刻んでいる。――見憶えのない女だった。

女は野見山の視線に気付いたのか、振り返って、

「あら、起きたの。早いわね」

と言った。「もう目玉焼きができるから、座ってて」

「うん……」

この女は誰だろう？　それにこの狭い台所……。

「ね、おミソ汁、白ミソでいい？」

と、女は訊《き》いた。

「ああ……」

野見山は、女がひどくなれなれしく、どう見ても「女房」の振舞をしていることに、不愉快になった。

こいつは、たった一晩ベッドを共にしただけで、「結婚してもらうわよ！」と意思表示をしているのだ。

「飯はいい」

と、野見山は言い捨てて、さっさと玄関へ出て行った。

「――あなた」

女が急いでやって来て、「何も食べないで行くの？」

「ああ、何もいらん」

「でも――」

野見山は構わず玄関を出た。

「行ってらっしゃい」

という女の言葉が、ドアの向うで聞こえた。

「どこだ、ここは？」

ひどく寒くて、しかも目の前には雑木林がある。ずいぶん郊外の方へやって来てしまったらしい。

パラパラと見える出勤途中のサラリーマンを見て、同じ方向へとりあえず歩き出す。

ポケットを探って舌打ちした。ケータイがない。

置いて来てしまったか。――ケータイそのものは買い直せばすむが、中のデータが惜しいし、あの女がどう利用しようとするか……。

よし。あとで秘書をよこして、ケータイを取り戻させよう。少し金を払えばいいだろう。

広い通りに出ると、ちょうどタクシーが来た。停《と》めて、会社まで乗って行くことにする。

運転手はびっくりして、

「大分かかりますよ」

と言った。

「いいんだ」

と、野見山は息をついて、「着いたら起してくれ」

俺は〈B製薬〉の会長なんだ。いつもなら、黒塗りのハイヤーが送り迎えしているんだぞ。

それが——あんな貧乏暮しの家に泊るとは!

全く、どうしちまったんだ。

野見山は目をつぶった。——この朝のことを、少しでも早く忘れたかった。

「これ以上はちょっと……」

と、町田藍は言った。「ガソリン代も出なくなってしまいます」

「何とかしろよ、そこを」

と、担当の男は横柄そのものの口調で、「そんなの常識だぜ。いやなら他にいくらでも引き受ける所はあるんだ」

藍は閉口していた。

「社員旅行にバスを貸し切りたい」

という話で、打合せにやって来たのだが、

「どこをどう回るか」

という話の前に、ともかく、「もっと安くしろ」の一点張り。

しかも、

「昼の弁当はそっちで持て。缶ビールを付けろ」

と、無茶な要求ばかりしてくる。

――町田藍は、弱小のバス会社〈すずめバス〉のバスガイドである。ガイドといっても、こうして営業の仕事もしなければならない。

むろん、少々の無理は覚悟だが、この相手は初めから〈すずめバス〉をなめてかかっている。

「分りました」

と、藍は言った。「お弁当やビールは付けられませんが、代りに珍しいものをお付けします」

「珍しいもの？」

「幽霊です」

「何だって？」

「これは滅多に見られませんよ。本物の幽霊と出会えます」

「おい、ふざけるのもいい加減にしろ」

担当の男性社員はムッとした様子で、

「俺をからかったりしたら、どうなると思うんだ？　他の会社の担当とも仲がいいんだ。お前の所のバスなんか、どこも使ってくれなくなるぞ」

と、声を荒らげた。

すると、

「いい加減にするのはあなたの方でしょう」

仕切りの向うから出て来たのは、四十くらいの落ちついた女性で、「谷口《たにぐち》君。誰があなたに業者の選定を任せた？」

谷口と呼ばれた男は顔を真赤《まっか》にして、

「須賀《すが》さん……。今日は外出じゃ……」

「先方の都合で延びたの。——失礼しました」

と、藍へ一礼して、「谷口君、この人を怒らせると怖いわよ。知らないの？〈幽霊と話のできるバスガイド〉って有名な人なのよ」

「僕はただ、少しでも安く……」

「席へもどっていいわ」

谷口は口を尖《とが》らして、行ってしまった。

「須賀栄子《えいこ》です」

と、名刺を出して、「申し訳ありません、不愉快な思いをさせてしまって」

「いえ……。私も少し大人げなかったかと」

「あの谷口はお客様の苦情に一日中謝ってるんです。ですから、出入りの業者などに文句をつけたり、いばってみたり……」

「分ります」

「指導が行き届かず、すみません」

「とんでもない」

改めて、社員旅行に〈すずめバス〉を使うことにして、細かい点を詰めて行った。

「——それで、本当に幽霊は付けていただけるんですか？」

と、須賀栄子は訊いた。

「それは……。向うが私を呼ぶことはありますが、こちらから勝手に出すわけには」

「あら、残念。私、一度見てみたかったの」

と、栄子が笑った。

「出るかもしれない、という所にご案内することはできますが」

「それじゃ、ぜひ！」

と、栄子は言った。「会長の野見山はその手の話が大好きですから、きっと喜びますわ」

コーヒーでも、と誘われて、藍は栄子と一緒にビルの一階、ロビーにあるカフェに行った。

二人でコーヒーを飲んでいると、スーツ姿の若い女性がきびきびと歩いて来て、

「須賀さん。会長のこと、何か聞いてますか？」

「いいえ、どうしたの？」

「まだ、出社されてないんです。ケータイにかけても通じなくて」

栄子が、藍を紹介して、

「野見山会長の秘書の栗田《くりた》あけみです」

「どうも……」

「会長、ゆうべいつものバーで、ひどく酔っておられたようなんです」

と、栗田あけみは言った。

「バーのママに訊いてみた？」

「ええ。夜中の一時過ぎに、一緒に飲んでた人と店を出たと」

「知ってる人？」

「いえ、初対面だったみたいです。会長より大分若い、四十ぐらいのサラリーマンだったって」

「そう……。お宅では何て？」

「外泊されるのは年中なので、気にもしておられません」

と、栗田あけみは言った。「でも、いつもだと、少しぐらい酔われても、会議に遅れたりされることはないんですけど」

「それはそうね。──万が一、ってこともあるわ。事故にあったとか……」

「まさか……」

不安げに二人が顔を見合せていると、突然ビルの受付の方で騒ぎが起った。

「何だというんだ！」

「だから言ってるじゃないですか！　どういうつもりか知りませんが、ここの会長はあなたじゃありませんよ」

と、押し返しているのはガードマン。

「会長ですって?」

栄子とあけみが急いで立って行く。藍もついて行った。

四十代と見える中年のサラリーマンが、ガードマンを相手に、今にも取っ組み合いでも始めそうな勢い。

「貴様、誰に向って言ってるか分ってるのか！　即刻クビだ！」

と、怒鳴りまくっている。

「何といわれても——」

「どうしたの?」

と、栗田あけみが声をかけると、その中年男は、

「おお、栗田君か！　こいつはどうなってるんだ！　自分の会社の会長の顔も分らんのか！」

しかし、栗田あけみは当惑顔で、

「あの——どなたですか?」

と言った。「失礼ですが、他の社とお間違えでは?」

「何だと?　君までそういうことを言うのか！　俺が野見山哲哉ではないとでも言うつもりか?」

「野見山会長は——あなたではありません」

「何を言ってる！　誰にでも訊いてみろ、この俺の顔を知らん奴は、この会社にはおらん」

あけみとガードマンは、困惑した様子で顔を見合せている。

「失礼ですが」

と、藍は進み出て、「ご自分のお顔を鏡でご覧になっては？」

「何だ？　失礼な奴だな、君は」

「ですが、鏡がなくても、あのショーケースのガラスに映っていますから、簡単ですよ」

と、藍が指さす。

「馬鹿らしい！　俺が俺の顔を忘れたとでも――」

男はショーケースの方へ目をやったが、数分間、言葉を失ったように立ちすくんでいた。そして、よろよろと、引き寄せられるようにそのショーケースへと歩いて行く。

それから一、二分もたったろうか。男は突然その場に崩れるように倒れてしまった……。

「――まあ」

呆然《ぼうぜん》としていたあけみと栄子は、藍が男に駆け寄って脈を取るのを見て、やっと我に返った。

「大丈夫です」

と、藍は言った。「脈はしっかりしています。一時的に気絶しているだけです」

「そうですか……」

ガードマンが困ったように、

「どうします？　警察へ届け出ますか」

と訊いた。

「待って」

と、栄子が言った。「ともかく、奥の管理人室にベッドがあるから、そこへ寝かせましょう。話はその後」

「分りました」

ガードマンは、通りかかった若い社員を呼び止めて、二人で気を失っている男を運んで行った。

「町田さん」

と、栄子が小声で言った。「お力を貸して下さい」

「何ですか？」

「あの男の人、もちろん会長ではありません。でも……」

と、栄子が口ごもると、

「しゃべり方は、会長そっくりです」

と、あけみが言った。

「ね？　あなたもそう思った？」

「でも、そんなことって……。じゃ、あの方、誰なんです？」

「さあ、それは……」

二人が首をかしげていると、藍が言った。

「ゆうべ、会長が飲んでいらしたバーの人が言ってらしたんですね、一緒に店を出られたのが、四十くらいのサラリーマンだった、と」

栄子とあけみは、ややあってから同時に、

「――まさか！」

と声を揃《そろ》えたのだった。

2　悪夢

「ええ、そうなんですよ」

と、ワイシャツ姿のその社員は苦笑して、

「今朝、出社してみると、隣の席に見たこともない男が座ってましてね――誰だろう、と思ってると、かかって来た電話に出て、『阿出川《あでがわ》です』って言うじゃないですか！　こっちはびっくりして……」

「阿出川さん、とおっしゃるんですね、お隣の席の方は」

「そうです。今四十……二かな。ところがそいつはどう見ても六十過ぎの、しかも妙に偉そうな男でね」

「で、その人は？」

と、藍は訊いた。

「大方、ちょっとおかしい奴だろうと思って、『顔を洗って来い』と言ってやったんです。そしたら、トイレに行ったまま、戻って来ませんでしたよ」

「そうですか」

藍は礼を言って、「お仕事中、すみませんでした」

「いえ。——阿出川はどこに行ったのかなあ。ま、いてもいなくても、大して違わない奴《やつ》ですけどね」

藍がその小さな会社のオフィスを出ると、

「どうでした？」

待っていた須賀栄子が訊く。

「思った通り、こちらに会長さんがいらしたようですね」

「まあ……」

気絶した男の上着のポケットから、社員証を見つけ、この会社へやって来た。

「で、会長は……」

「ショックで、どこかへ姿を消してしまったようです」

二人は、〈B製薬〉の立派なビルとは比べものにならない、古ぼけたビルから外へ出て、歩きながら、

「町田さん」

と、須賀栄子は言った。「こんなことって有り得るんでしょうか」

「私には何とも……」

と、藍は言った。

「でも、ふしぎなことには、色々出会っておられるでしょう?」

「それはそうです。でもふしぎな出来事は、結局、受《う》け容《い》れるか受け容れないかです。現実に起っている以上、それを認めるしかありません」

「でも——人格が入《い》れ換《かわ》っちゃうなんて、映画ではありますけど……」

「馬鹿げてますよね、確かに」

と、藍は肯《うなず》いて、「でも私は幽霊に会ったときも、『こんなことがあるのかしら?』と考えたりしません。現実に目の前にしたら、ただ話しかけてみるだけです」

「本当に……。ふしぎなことって、あるんですね」

と、栄子は言って、ため息をついた。


「これが夢なら、早く覚めてほしい」

と、野見山は首を振って言った。

外見は阿出川という男の「野見山」である。

「一体、これからどうすりゃいいんだ」

——藍と栄子が戻って来て、阿出川のことを話してやったのである。

〈B製薬〉ビルの管理人室。——秘書の栗田あけみも、ただ呆然としている。

「ゆうべのことを憶えてらっしゃいますか？」

と、藍は訊いた。

「その阿出川って男と飲んだ」

「いつものバーを出られたことは？」

「憶えてるとも。あのときは何も変ったことはなかった」

「で、今朝起きると、見憶えのない家だった。——その間のことは？」

「うん……」

野見山は少し考え込んでいたが、「——ああ、そうだ。もう一軒、飲みに行った」

「そのお店を出たのは？」

「よく分らん。記憶がないな」

「そのお店はどこですか？」

「それが……。うん、そうだ。見慣れない店だったんだ。『こんな所にバーがあったか？』と、相手と話したのを憶えてる」

「じゃ、そこでもまた飲んだんですね？」

「だと思う。——よく憶えとらん」

野見山は深々と息をついて、「ともかく——こんな状態がいつまで続くんだ？　おい、町田君といったか。君の力で何とかしてくれ！　金はいくらでも出す！」

「私は超能力者じゃありません」

と、藍は言った。「まず、その『見慣れないバー』へ行ってみましょう。何か手がかりがあるかもしれません」

「私もご一緒します」

と、栄子は言って、「栗田さんは仕事に戻って。会長はちょっとお体の具合が良くなくてお休みということにして」

「分りました……」

藍と須賀栄子に付き添われて、野見山はやっと出歩く気になったのだった……。

「おかしいな……」

と、野見山は足を止めて、「確かこの辺だと思ったんだが」

いつも寄るバーの前から歩いて来て、五分ほど。野見山が立ち止ったのは、空家や閉めた商店の並ぶ一角で、近々再開発で取り壊される予定らしかった。

「でも、この辺はもうどこも営業していませんよ」

と、栄子が言った。

「しかし昨日は一軒だけ開いてたんだ！　本当だ」

藍は、一軒の空家の方へと歩み寄った。

「町田さん、何か……」

「この扉を開けた跡があります。下の埃《ほこり》にこすった跡が付いてますわ」

「そうですね。元はやっぱりバーだったんでしょうか」

「扉が開きます。中に入ってみましょう」

藍が扉を引くと、地面を少しこすりながら開いて来る。

中はやはり小さなバーだったようで、カウンターと椅子が埃をかぶっていた。しかし、荒れ果てていて、ずいぶん長いこと放置されているようだ。

「――どうですか？」

と、栄子が野見山に訊く。

「うん……。バーなんて、どこも似たような造りだからな」

藍はこの場所に、何か普通でない空気を感じていた。おそらく、ゆうべここで、何かあったのだ。

しかし、今それを言ったら、野見山に希望を持たせることになるだろう。とりあえず今は黙っていることにした。

「——須賀さん」

と、藍は、店の中を見回している野見山に聞こえないように言った。「この店の持主が誰だったのか、今はどうしているのか、調べてもらえませんか」

「分りました」

と、栄子は肯いた。

——表に出ると、

「ともかく参ったな!」

と、野見山が言った。「その男——阿出川といったか? そいつが俺のふりをして〈B製薬〉へ現われたらどうなる?」

「栗田さんがいますから。大丈夫ですよ」

「分らんぞ。他の社員はそいつを俺だと思い込むだろう。——俺は逆につまらん平社員だぞ。全く！」

と、野見山は腹立たしげに言った。「ともかく、そいつを捜し出して、話をつけよう」

「見付けるのは簡単でしょう」

と、藍は言った。

「何だと？　どこにいるというんだ？」


玄関に鍵をかけ、阿出川典子《のりこ》は買物に出かけようとした。

スーパーまではバスで行かなくてはならない。――典子はバス停へ急ごうとして、ふと自分を道の向い側からじっと見ている男に気付いた。

六十は過ぎているだろう。三つ揃いの立派なスーツを着て、貫禄がある。

しかし、その目はじっと典子を訴えかけるように見つめていた。

典子が足を止めると、その男がやって来て、

「あの……」

「何かご用ですか？」

と、典子は訊いた。

「いや、その……このお家の方ですね」

「そうですが」

「そうですか。実はその……」

と、口ごもる。

「は？」

「何でもありません！　失礼！」

と、男は逃げるように行ってしまった。

典子は首をかしげて、

「変な人だわ」

と呟《つぶや》くと、そのままバス停へと向った。

──少しして、男は戻って来ると、典子が出て来た家を、じっと眺めて、ため息をついた。

するとタクシーがすぐ近くに停《とま》り、

「──お前だ！」

と、降りて来たのは、阿出川自身の姿だった。

「あ！　ゆうべの──」

「こいつ！　俺に何をしたんだ！」

野見山がつかみかかる。

「待って下さい！　私は何も……」

「俺を元に戻せ！　何を企《たくら》んでる！」

「会長！」

栄子が野見山の腕をつかんで、「落ちついて下さい！」

やっと二人を引き離すと、

「阿出川さんですね？　中身のことです」

「ええ。それじゃ、こちらが私の外見で……」

「ともかく、信じられないようなことが起ったんです。——冷静になって下さい」

「今、お宅は？」

と、藍は訊いた。

「家内は今、買物に行きました」

「じゃ、ちょっとお邪魔しましょう。道で話していたら、変に思われます」

「この鍵で開くのか？」

と、野見山がポケットからキーホルダーを取り出した……。

「狭苦しい家だな」

と、野見山がブツブツ文句を言っている。

「でも、ローンがまだ二十年も残ってるんです」

と、阿出川が言った。「平社員の給料ではこれがやっとですよ」

「それはともかく――」

と、藍は咳払《せきばら》いして言った。「阿出川さん、ゆうべのことは憶えてますか？」

「いや、さっぱりです。――こちらの方が飲め飲めと強引にすすめるので、つい……。途中から何だか分らなくなってしまいました」

「で、今朝はどこから会社へ？」

「ホテルに泊ってたんです。それも一流の。目が覚めてびっくりですよ」

「俺のカードで泊ったな」

と、野見山が言った。

「ともかく、時間が遅かったんで、急いで出社したんですが……」

「会社の方から伺いました」

「トイレの鏡を見て、気を失いそうでした。わけが分りません」

と、ため息をついて、「どうしたらいいんでしょうかね」

「ともかく、病気とかではないんですから、さし当りは今のままで」

「冗談じゃない！」

と、野見山が憤然として、「会社を放っちゃおけん」

「ご自宅から指示を出されていることにしたらよろしいでしょう」

と、栄子が言った。「ただ――社長にどうお話しするか」

「社長さんというと？」

「会長のお嬢様が冴子《さえこ》さんとおっしゃるんです。そのご主人が辻本《つじもと》社長で」

「あいつに任せたら、会社は一週間で潰れる」

と、野見山が言ったとき、玄関で物音がした。

「――あら、あなた、どうしたの？」

典子が顔を出して、「お財布にお金入れるの、忘れてて」

当然、典子の目は、「夫の外見」をした野見山の方へ向っていたのである。

3　混乱

「何だか妙だわ」

と、冴子は言った。

「――何が？」

辻本浩一《こういち》はパソコンの画面をじっと見つめながら言った。

「あなた」

と、冴子は夫をにらんで、「ゲームはやめて！　大事な話をしようっていうのに」

「もう少し待て。今、いいところなんだ」

冴子がパッと立ち上って、さっさと居間を出て行こうとする。

「分った！　今止めるから！」

辻本はあわててパソコンの電源を切った。

「そう怒るなよ」

「全く……。そんな風だから、社長ったって、誰も尊敬してくれないのよ」

と、冴子はソファに戻って、「お父さんのことよ」

「会長がどうかしたのか？」

辻本は義父のことを、いつも「会長」と呼んでいる。とても「お義父《とう》さん」と呼べる雰囲気ではないのである。

「変だと思わない？　突然一人でニューヨークなんて」

「別に珍しくないじゃないか」

「でも、二、三日前には必ず言って行くわ。そういう性格だもの」

「じゃ、何だって言うんだ？」

「分らないから苛々《いらいら》してるのよ」

と、冴子は言って、「――あなた」

「何だ？」

「お父さんの秘書の栗田あけみさんと、割合親しいんでしょ?」

辻本がギョッとした。

「そ、そりゃどういう意味だ? 同じ会社にいるんだし、会えば立ち話ぐらいするけど——」

「そんなにあわてないで」

と、冴子は冷ややかに、「本当に気の小さい人ね」

「冴子……」

「知ってるわよ、この間も、出張だって言って、箱根のホテルに泊りに行ったでしょ。あけみさんと」

辻本は、酸欠の金魚みたいに口をパクパクさせるばかり。

「あのホテルの支配人は、父と昔から親しいの。泊るなら、どこか他にしなさい」

「いや、栗田君とのことは……一時の出来心で……」

「別にいいわよ。私だって恋人がいるもの」

「——え?」

「知らなかった? 鈍いわね」

と、冴子は肩をすくめ、「ともかく、今は父のことよ。あなた、あけみさんに事情を訊いてみて」

「しかし──」

「あの人はいつも父のそばにいる。何か変ったことがあれば、きっと知ってるわ」

「そう……だな」

「ニューヨークに同行したことになってるけど、きっと日本にいるわよ。そんな気がするの」

「連絡してみるよ」

「秘密の話だったら、会いに行って」

「今から？」

「どこかに彼女と泊って来ていいから。その代り、絶対に真相を訊き出すのよ」

「──分ったよ」

辻本は立ち上った。「何だ、いたのか」

居間の戸口に、娘の歩《あゆみ》が立っていたのである。十歳の小学五年生。母親に似て美人だが、冷たい感じもよく似ている。

「今の話、聞いてたのか？」

と、辻本は言って、「今のは冗談だぞ。母さんは冗談が好きだからな、ハハハ」

笑って見せても、歩はニコリともせず、

「お父さんとお母さん、離婚の予定、ある？」

と訊いた。

「歩……。何言ってるんだ。そんなわけないだろ」

「今のところないのね。分った」

「歩、お前――」

「友だちと賭《か》けてるんだ。小学校卒業までに別れるかどうか」

冴子が娘を見て、

「歩はどっちに賭けてるの？」

「もちろん別れる方よ」

と、歩は言った。「おやすみ」

辻本は呆然として、我が子が二階へ上って行くのを眺めた……。


「むだづかいだ！」

と、野見山は文句を言った。

「会長、お静かに」

と、栗田あけみが言った。「会長はニューヨークへ行ってらっしゃることになっているんですから」

「全く……」

ブツブツ言いつつ、野見山はルームサービスでとった夕食をホテルのスイートルームで食べていた。

「きっと、典子はふしぎがってるでしょう」

一緒に食事しているのは阿出川啓《けい》である。「今まで、出張なんてめったになかったのに、急に出張だなんて。ただ、そちらはニューヨーク、こっちは大阪。大分違いますね」

二人とも、「相手の家」に帰るのはいやだというので、結局どっちも、

「急な出張だ」

ということにして、都内のホテルに泊っているのである。

「典子というのは、あのかみさんか」

と、野見山が言った。

「そうです。娘が一人いまして、〈遊《ゆう》〉というんです。『あそぶ』という字で、今四歳で……」

と言うと、阿出川は急にシュンとなって、「いつも私がお風呂に入れてたのに……。今日は入れてやれない……」

「メソメソするな！　俺の体を借りてる間は」

「はぁ……」

同席している栗田あけみは笑いをこらえて、

「何だか妙ですね。お顔は別人なのに……」

「すみません」

と、阿出川は言った。「こんな立派なホテルに泊めていただいて」

「後で請求してやる」

と、野見山は言った。

初めは普通のシングルルームでいい、と言っていたのだが……。

「やっぱり、体は俺だ。大事にしてもらわんとな」

と、結局阿出川は広いタイプのツインルームに泊ることになった。

「栗田君、明日の会議の資料は？」

と、野見山は食べながら言った。

「持って来てあります」

「よし、後で読んで、パソコンに指示をしておく」

「かしこまりました」

あけみのケータイが鳴った。「——失礼します」

あけみは急いでスイートルームから廊下へと出た。

「——もしもし」

「君か」

「辻本さん……。どうして電話して来たの？」

と、あけみはスイートルームのドアの方を気にしながら言った。

「会長のことで、訊きたくてな」

「え？」

「本当にニューヨークなのか？」

あけみは少しためらって、

「実は……とんでもないことになってるの」

と言った。

「君は今、どこ？」

「都内よ。Ｍホテル」

「そうか」

「話せる？」

「会いに行ってもいいか」

「今から？　大丈夫なの、奥さん？」

「女房にそう言われてるんだ」

あけみは、唖然《あぜん》とした。

「ごちそうさま」

と、阿出川は立って、「じゃ、私は自分の部屋へ戻ります」

「ああ」

と、野見山はソファにゴロリと横になった。

「あの——野見山さん。奥様は？」

「死んだ」

「そうですか……」

「娘夫婦が屋敷に住んでる」

「お嬢さんがおられるんですか。お楽しみですね」

「もう三十四だぞ。孫の方だな、楽しいと言えば」

「では、これで……」

「早いとこ元に戻りたいもんだな」

「はあ、本当に。失礼します」

阿出川はスイートルームから出て行った。

——野見山は、コーヒーを飲みながら、

「若い体だ」

と呟いた。

阿出川は四十二歳だから、野見山より二十三も年下だ。運動不足なのだろう、阿出川の体はやや肥満で、見映えがいいとは言えない。

しかし、六十五歳の野見山に比べれば、やはり体は若い。

野見山も、年齢の割には充分に元気だと自負しているが、それでも、腰や関節の痛み、息切れなどはしばしば現われる。

それに比べると……。

野見山はコーヒーを飲みながら、阿出川の妻のことを思い出していた。

典子といったか……。

特別美人というわけではない。野見山は、会長という肩書もあって、クラブの女性やモデルの女の子など、その気になれば付合える。

しかし、彼女たちにとって、野見山はあくまで「仕事の相手」なのだ。たとえベッドを共にしても、そこは「損得」が係《かかわ》ってくる。

一方、あの典子は――そうではない。

モデルのようにスマートではないが、その少し肉のついた腰の辺りや、胸のふくらみは生々しい魅力があった。

今なら……。そうだ。今は俺があの女の「亭主」なのだ。

野見山は、久しく覚えたことのない興奮が体を突っ走るのを感じた……。

4　愛着

「町田さん」

須賀栄子が手を振った。

「すみません、遅れて！」

と、藍は息を弾《はず》ませた。「道が混んで、解散が大分遅くなってしまったんです」

「いえ、大丈夫ですよ」

と、栄子は言った。「参りましょうか」

二人は夜の町を歩き出した。

「――会長さんたちはいかがです？」

と、藍が訊いた。

「今のところ、ニューヨークから指示を出している、と信じられているようです。阿出川さんはどうなのか……」

「ホテル住いも三日ですね」

「ええ。いつまでもこのままじゃ通らないでしょうし……。そろそろ考えませんとね」

と、栄子は言った。「それで、あの元バーだった所なんですが」

「何か分りました？」

「ええ。あのバーをやっていたのは、山本《やまもと》しのぶという女性です」

「今は――」

「亡くなって十年ほどたっています」

「何か係りが？」

「それが――。山本しのぶさんは、野見山会長の愛人だったんです」

「まあ」

と、藍は目を丸くした。

「あの店も、会長がお金を出したんです。私も思い出しました。当時は会長のことなんか、雲の上の人でしたから、何も知りませんでしたが、先輩の女性が噂《うわさ》をしているのを聞きました」

「そうですか……。でも、野見山さんは忘れておられたようですね」

「そのようです。十年前だと、まだ会長もお若くて、女性にすぐ手を出す方でした」

「じゃ、いちいち憶えてないと……」

「おそらく、そんなことじゃないでしょうか」

「そうですか……」

と、藍は肯いた。

やがて二人は、あの古びた店の見える辺りへやって来た。

「でも、町田さん、どうするんです？」

「何か感じるんです」

「え？」

「呼んでいるような気がして」

と、藍が言うと、急に二人の周囲に白い霧が立ちこめて来た。

「町田さん、これは……」

「大丈夫です。害はありません」

やがて、周囲が真白《まっしろ》になる。

そして、また霧は晴れて行ったが……。

「まあ」

と、栄子が目を丸くした。

あのバーに、明りが灯り、中からは音楽も聞こえている。

「行きましょう」

藍が促し、二人はそのバーへと入って行った。

カウンターの中に、青白い女が立っていた。

「今晩は」

と、藍は言った。「山本しのぶさん？」

「ええ……」

と、女は肯いて、「お酒はないんですよ」

「分ってます」

と、藍は言った。「教えて下さい。この間、ここへ、野見山さんが来たんですね」

「ええ」

と、女は悲しげに、「でも、あの人は私のことを、まるで分らなかったんです」

「まあ……」

栄子はため息をついた。

「恨んではいません。生きてる間はやさしくしてもらったし、このお店も出させてもらいました。でも……私を見ても気付かないなんて」

「それで、あんないたずらを？」

「少しはこりるかと」

と、山本しのぶは微笑《ほほえ》んだ。

「会長へは伝えますわ、あなたのことは」

「ありがとう。——私のお墓を、きれいにして下さい、と」

「分りました」

「でも……」

と、しのぶは眉《まゆ》をくもらせて、「あの人は……」

「何かありまして？」

「二人はいずれ元に戻ります。でも、野見山さんは今……」

藍は栄子と顔を見合せた。


「さあ、女の子はきれいにしないとな」

お風呂に入った野見山は、四歳の小さな柔らかい体を湯の中で抱いていた。

「遊、幼稚園でいい子にしてるよ」

「そうか。偉いな」

「パパのこと、先生に訊かれた」

「何と言ってた？」

「『パパ、やさしいの？』って」

「そうか。で、遊は何て答えたんだ？」

「とってもやさしい、って言ったよ」

「それでいいんだ」

と、笑って、野見山は遊の体を抱きしめた。

「――あなた」

と、典子が戸を少し開けて覗くと、「あんまり長く入ってると、のぼせちゃうわよ」

「うん。――楽しくってな」

「まあ。良かったわね、遊ちゃん」

「さあ、出よう」

遊を抱き上げて、湯舟を出ると、「はい」と、典子へ渡す。

「はい、体を拭《ふ》きましょうね」

典子がバスタオルで遊を包んで連れて行った。

野見山は、もう一度一人で湯舟に浸《つか》った。

――典子は、夫が早めに出張から帰って来たと信じている。

野見山は、何十年ぶりかで、小さな女の子と一緒にお湯に浸って、冴子を昔、同じように風呂へ入れたことを思い出していた。

もう、とっくの昔に忘れてしまったと思っていた、あのぬくもりと柔らかさを……。

「――少しのぼせた」

と、風呂を出て、パジャマ姿で居間へ。

「当り前よ。あんなに入ってるんだもの」

と、典子は笑った。

「遊は？」

「今日はすぐ寝たわ」

「そうか」

「あなた……これから仕事？」

「仕事？　家でか」

「だって、毎日やってるじゃないの」

「ああ……。いや、今日は……」

「珍しいわね。じゃ、私、お風呂に入ってくるから」

「うん」

「たまに早く寝られるんだったら、先に寝てて」

と言って、典子は風呂場へと出て行った。

野見山は立ち上ると、服を脱いでいる典子の姿を眺めた。

「何よ、そんな所で」

「いや……。きれいだと思ってな」

「変な人」

と、典子は笑った。

「典子──」

野見山は裸の典子を抱きしめると、唇を重ねた。

「あなた……どうしたの？」

「ベッドで待ってる。いいだろ？」

「でも、明日は会社が……」

「会社なんかどうでもいい」

抱きしめると、腕の中で典子の温かい体が息づいた。

「あなた……。もう私に飽きたのかと思ってたわ」

「飽きるもんか」

「じゃあ……すぐに入って出るわ」

「うん」

典子が風呂に入ると、野見山は胸のときめくのを覚えつつ、居間へ戻ったが──。

阿出川が立っていた。

「──何してる」

と、野見山は言った。

「あんたこそ！　典子に何をしたんです！」

「俺は……一応体はあの女の亭主だぞ」

「やめて下さい！　典子は私の妻だ」

「しかし――ずいぶん長いこと、手を触れてなかったらしいじゃないか」

「それは……会社の仕事だけじゃ食べていけないからです。パソコンで、夜、内職をしてたんですよ」

「そうか……」

「あんたには分らない！　ホテルのスイートルームなんかに泊ってる人間には」

阿出川が野見山へつかみかかった。

「おい、よせ！　何するんだ！」

「典子に手を出すな！　あいつの夫は僕なんだ！」

「おい、よせってば！」

二人はバタバタともつれ合いながら廊下へ出ると、

「ワッ！」

と、声を上げて、一緒に玄関へ転《ころが》り落ちてしまった。

「何してるんです！」

玄関のドアが開いて、栄子が言った。

「いてて……。こいつがいきなり……」

「僕の女房を盗《と》ろうとしたんだ！」

と、二人は叫んだが……。

「――まあ」

と、栄子は目を見開いて、「戻ったんですね、会長！」

「え？」

二人の男は玄関に座り込んで、互いに顔を見合せた。

「――本当だ！」

「戻ったのか……」

二人は拍子抜けしたように、しばし黙っていた。

「良かったですね」

と、藍が言った。「会長さんは、山本しのぶさんのお墓をきれいにしてあげて下さい」

「――誰だって？」

と、野見山は言って、「そうだ！　あのバーの女、しのぶだった！」

そのとき、

「どうしたの！」

と、典子が濡《ぬ》れた体にバスタオルを巻きつけて出て来た。「――まあ！　すみません！」

「いいえ、お邪魔してるのはこちらで」

と、栄子は言った。「会長、帰りましょう」

「この間の方ですね……」

と、典子が言った。

「〈B製薬〉の会長さんです」

と、藍が言った。

「ああ……。尻が痛い」

と、野見山は立ち上って、「阿出川さん」

「はあ……」

「今の会社で、ろくな仕事をさせてもらっとらんようだな。良かったら訪ねて来なさい。あんたに向いた仕事を見付けられるだろう」

「野見山さん……」

「でも……」

と、典子はキョトンとして、「皆さん、どうしてここに？」

「よろしくお願いします」

と、藍は頭を下げた。

「こちらこそ」

栄子は立って、「エレベーターまで」

二人はエレベーターホールへ出た。

バス旅行の打合せをすませた藍と栄子だった。

「その後会長さんは？」

「変りましたわ。仕事を少しずつ辻本社長へ任せるようになって……。阿出川さん、来月からうちへみえることに」

「まあ、良かった」

エレベーターが来た。

「――町田さん」

「何か？」

「今度のツアーには幽霊は？」

「さあ」

と、藍は笑って、「何なら、しのぶさんに頼んでみますわ」

「ぜひ！　別料金ですね」

「もちろんです！」

藍は笑って、エレベーターの閉じる扉越しに頭を下げた。

解説

山前 譲

え～、それでは〈すずめバス〉のバスツアーについて、今からご説明いたしたいと存じます。業界最大手を誇る――とまではけっして申しませんが、弱小企業ながらここまで弊社は、競争激しいこの業界で奮闘してまいりました。なにより、ツアーのユニークさにつきましては、絶対の自信を持っております。

〈ペット愛好家向けツアー〉や〈格安墓地めぐりツアー〉、あるいは〈デートしても目立たない、都心の穴場めぐりツアー〉や〈お徳用！　一日で回る、六本木―富士山―ディズニーランド〉などは、絶対に他社では手がけない独自のものと自負しております。そういえば、〈銅像除幕式ツアー〉というのも好評を得ました。

もちろん、定番とでもいうべきものもちゃんとご用意しておりまして、〈紅葉ツアー〉に〈芸術の秋！　美術館巡りツアー〉、さらには〈冬こそ風情溢《あふ》れる寺巡り！〉や〈東京公園巡り〉と、季節感たっぷりのツアーの実績もございます。

――と社長の筒見哲弥《つつみてつや》がいくら大弁舌をふるったところで、〈すずめバス〉が町田藍《まちだあい》のガイドする〈幽霊ツアー〉でもっていることは、読者の皆さんのほうがよ～くご存じでしょう。〈幽霊体験ツアー〉あるいは〈幽霊の出る名所ツアー〉とも呼ばれたりしていますが、霊感が強いという藍の特殊な能力に頼ったツアーが大人気で、ここまでなんとかやりくりしてきたのが〈すずめバス〉です。

他のツアーでは、たとえ藍がガイドを務めたとしても、参加者が十人を超えることなどまずないのに、幽霊絡みのツアーはいつも盛況でした。〈すずめバス〉の屋台骨を「幽霊」という存在が、そして幽霊の思いを感じ取れる藍が支えてきたのです。だからといって、藍のお給料が特別にいいと聞いたことはありませんけれど。

それはさておき……いや、藍にとってはとても大事なことでしょうが（ホント、深夜勤務がかなり多い彼女の給料は、いったいいくらぐらいなのでしょう）、いつまでも〈すずめバス〉の経営状況にかかずらってはいられません。新たな幽霊が出番を待っているのです。

二〇一一年八月に集英社より刊行されたこの『恋する絵画』は、「怪異名所巡り」と称されているシリーズの第六作となります。これまでの五冊と同様に短編連作のスタイルとなっていて、いろいろな幽霊が藍をミステリアス・ゾーンに誘っていきます。

まずは題して「幽霊予約、受付開始」（「小説すばる」二〇〇九年七、八月号）です。例によって筒見社長が大胆な、というか無謀なツアーを企画しました。それは〈Ｚロッカーズ・コンサートツアー〉です。

人気ロックバンドの公演に行こうというツアーですが、筒見社長にチケットを取るあてなどありません。コンサートを見に行くのではなく、コンサート会場を見に行くツアーなのです。なんとも〈すずめバス〉らしい企画ではないでしょうか。

その人気のチケットをめぐって、ある家族に悲劇的な事件が起こっていました。〈幽霊と話のできるバスガイド〉の噂《うわさ》を聞きつけて、バンドのリーダーが〈すずめバス〉の本社を（ほかに支社も営業所もありませんが）訪ねてきたのです。思いがけずチケットが入手できて、ツアーは成立します。なんという幸運でしょうか。しかし藍は、コンサートを楽しむどころか……。まさか大音響のロック・コンサートで幽霊が？　きっと最後の藍の言葉には納得することでしょう。

一方、「色あせたアイドル」（「小説すばる」二〇〇九年十一、十二月号）の舞台は廃墟となった病院です。アイドルを霊安室に一人にして、幽霊が出るのを待つという企画のため、TV局のスタッフがそこに向かっています。そのロケバスのガイドを務めたのが、〈すずめバス〉の藍でした。

朽ち果てたお化け屋敷のような病院――幽霊には恰好《かっこう》の舞台です。これまでにも、人がいなくなった町のお寺や霊園を訪れたこともある藍ですが、こんなに妖しい場所はシリーズ中でも特筆されるでしょう。

つづく「心中嫌い」(「小説すばる」二〇一〇年三、四月号)では、〈すずめバス〉のお得意さまである遠藤真由美《えんどうまゆみ》(なんと高校生!)と一緒に公園を歩いているとき、心中事件に巻き込まれています。そして、「男の人が心中したくなる女」の実家である屋敷の土蔵で、何かの気配を感じてしまう藍なのです。

旧家の蔵は「1/24秒の悪魔」(『その女《ひと》の名は魔女』収録)でも訪れています。山奥の村や温泉、ローカル線の鉄橋や吊橋《つりばし》と、けっこう舞台が都会から離れているときもあれば、コンビニやオフィスビルを訪れるときもありました。〈すずめバス〉の〈幽霊ツアー〉は広い地域をカバーしてきたのです。そのこともあって、常連さんでも飽きることはないのでしょう。

真由美が藍に相談を持ちかけているのは、表題作の「恋する絵画」(「小説すばる」二〇一〇年七、八月号)です。友だちの家に美術館の絵が、勝手にやって来たというのです。藍は早速、その絵を見せてもらいました。危険な何かが宿ってるわ——。絵の中の青年が、友だちの母親に恋してしまったことを、即座に見抜く藍です。どうやって解決するの?

「夜への長いトンネル」(「小説すばる」二〇一〇年十一、十二月号)で藍がツアー客と一緒に訪れている山道のトンネルは、中が真っ暗で、いかにもという場所です。不眠症のサラリーマンと出会ったのがツアーの切っ掛けでしたが、都会における企業内での確執と田舎のトンネルとのコントラストが、いっそうラストを切ないものにしていると言えるでしょう。

最後の「失われた男」（「小説すばる」二〇一一年三、四月号）には、社員旅行の打ち合わせをしている藍の姿があります。なにせ弱小企業の〈すずめバス〉です。ガイドだけしていればいいというわけではないようですが、「色あせたアイドル」のロケバスのガイドといい、だんだん仕事は多彩になっていくようです。

それにしても、筒見社長の営業力はなかなかのものではないでしょうか。本書に登場する〈お徳用！　格安グルメツアー！〉とか〈幽霊と踊ろう！　霊界盆踊りツアー〉のように、次々とアイデアを出していきますし、ツアー以外にも仕事を広げています。そうそう、彼の名誉のために記しておきますが、怪異名所巡りの企画は、藍が入社する前（正確にいえば直前）に考えていたものでした。そこに飛び込んできたのが藍なのです。まさに飛んで火に入る何とやら、でした。

肉体が入れ替わってしまうという、ちょっとユーモラスな設定の「失われた男」でも、藍の特殊な能力が遺憾《いかん》なく発揮されています。

これまでは、〈神隠しにあう場所巡りツアー〉、〈すすり泣く木の謎、怪奇ツアー〉、〈謎の怪物に会おう！　巨大エビの幽霊ツアー〉、〈呪われた家を訪ねるツアー〉などと、ツアーに絡んで幽霊と関わっていくことの多かった藍でした。

ところがこの『恋する絵画』では、ツアーにあまり縛られていません。それだけ、人間界をさ迷う幽霊の思いや哀しみが、ヴァラエティに富んだものになっているようです。

さて、『恋する絵画』でもあまり流行《はや》っている様子のないのが、〈すずめバス〉です。このままでは倒産してしまうのではないか。そんな不安にかられてしまうかもしれませんが、ご安心下さい。シリーズ第七集、『とっておきの幽霊』という新たなツアーがちゃんと控えております。

二人の運転手にバスガイドが三人、そして社長が一人（当たり前！）と、まさに吹けば飛ぶようなバス会社ながら、「何が起るか分らないのが、この〈すずめバス〉のツアーの面白いところだからね」という常連さんの熱い支持があります。きっとこれからもその支持に変わりはないでしょう。もっとも、「何が起るのか分らない」という事態にいちばん戸惑うのは、バスガイドの藍なのですが……。

（やままえ・ゆずる　推理小説研究家）

この作品は、二〇一一年八月、集英社より刊行されました。

初出誌　小説すばる
幽霊予約、受付開始　二〇〇九年七月号、八月号
色あせたアイドル　二〇〇九年十一月号、十二月号
心中嫌い　二〇一〇年三月号、四月号
恋する絵画　二〇一〇年七月号、八月号
夜への長いトンネル　二〇一〇年十一月号、十二月号
失われた男　二〇一一年三月号、四月号